ROLF ULRICI

WIMPY
der Retter wider Willen

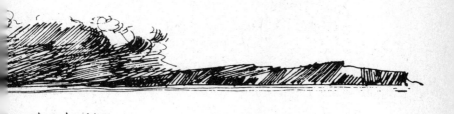

Schneider-Buch

Inhalt

Wimpy will das Internat vernichten	7
Der Menschenfresser als Tierfreund	15
Alarmsignale in der Nacht	20
Die Straf-Schnecke für eine Schlange	28
Zehn gute Gründe für den Schmuggler	37
Eine Meuterei wird verhindert	44
Die Henkersmahlzeit	51
Enthüllungen vor dem Schulgericht	54
Die Befreiung aus dem Kerker	60
Die Anker sind gelichtet	77

Deckelbild und Illustration: Werner Heymann
Textredaktion: Franz Schneider
Bestellnummer: 7726
© 1977 Franz Schneider Verlag
München – Wien
ISBN 3 505 07726 7
Alle Rechte der weiteren Verwertung liegen beim Verlag, der sie gern vermittelt.

Wimpy will das Internat vernichten

Der junge Friedensrichter, Sir Ernest, hörte auf zu pfeifen. Er zügelte sein Pferd und hob sich unwillkürlich in den Steigbügeln.

„Alle Wetter", murmelte er vor sich hin. „Da kommt ein Junge! Ein Bursche aus dem Internat!"

Das Internat von Edenhall war eher ein Jungengefängnis als eine Jungenschule. Nur ganz selten war ein Schüler außerhalb der hohen, düsteren Mauern, die Schloß Edenhall umgaben, zu sehen.

Und der Junge da, zu erkennen an seinem einfachen blauen Schuldreß, kam sogar geritten! Er saß auf einem internatseigenen Pony!!! Wenn man den Schuldirektor, diesen verhinderten Pferdezüchter, kannte, und Torhüter Bimbs, genannt der Menschenfresser, der nicht einmal eine tote Katze herausgelassen hätte, grenzte das Erscheinen des jungen Reiters fast an ein Wunder.

Plötzlich erhellte sich das Gesicht des Friedensrichters. Er hatte den Schüler erkannt. Es war Wimpy! Wimpy, der erstaunlichste Lausejunge von Edenhall! Sein ganz besonderer Schützling vom ersten Schultag an! Eigentlich hieß er ja Thomas Hard, aber er war der Enkelsohn und Titelerbe von Lord Wimper, einem der wichtigsten Männer des englischen Königreiches jener Zeit – vor knapp zweihundert Jahren.

Der elfjährige Junge mit dem frechen, hellen Haarschopf war herangeritten. Er zügelte sein Pferd. Sein Gesicht war ernst und verschlossen. Anscheinend hätte er die Begegnung mit seinem großen Freund heute gern vermieden.

„Nanu", rief Sir Ernest. „Wo bleibt dein Freudengeheul? Und seit wann reitest du im Schritt und nicht im Galopp, wie sonst immer?"

Wimpy gab keine Antwort. Mühsam schien er seine Fassung zu bewahren.

Sir Ernest begann vorsichtig ein Gespräch. „Ausgerissen bist du nicht", meinte er. „Das würdest du kaum am hellichten Tag, ohne Proviant und auf einem ordentlich gesattelten Pferd tun. Trotzdem reitest du von der Schule weg, obwohl es doch verboten ist?"

Da der Friedensrichter Mitglied der Schulkommission war, die die Internatsschule betreute, kannte er die strenge Hausordnung.

Wimpy zog schweigend ein Blechschild heraus, das er sich einfach um den Hals gehängt hatte.

„Hier die Ausgangsmarke. Wie Sie sehen, sogar mit Hufeisen, das heißt mit Pferd."

Sir Ernest nickte. „Was ist geschehen, Wimpy? Du siehst nicht aus, als wärest du auf einem fröhlichen Spazierritt. Mußt du jemandem eine Meldung vom Direktor überbringen?"

„Nein, ich bin allein unterwegs! Ich will zur Kirche."

Sir Ernest klopfte sich auf die Schenkel und begann zu lachen. Er lachte und lachte aus vollem Halse.

„In die Kirche! Du Teufel aus der Hölle von Edenhall! Du und beten! Als ob die Kirchgänge in der Schule nicht genügen würden. Sag mal, Wimpy, ist das eine neue Ausrede? Mir brauchst du doch nichts vorzumachen!"

Wimpy war noch immer so ernst wie zuvor.

„Ich will aber zur Kirche", wiederholte er. „Der Direktor hat mich dazu extra beurlaubt, und in die Internatskapelle wollte ich nicht."

Der Friedensrichter rieb sich überrascht das Kinn. Was zum Teufel willst du in der Kirche? Willst du für die Seele deines mächtigen Großvaters, der nichts von dir wissen will, beten?"

„Nein", erwiderte Wimpy trocken.

„Ist vielleicht der Jahrestag der Seeschlacht, in der dein Vater, im Kampf gegen die Piraten umkam?" versuchte es Sir Ernest von neuem.

Wimpy schüttelte den Kopf. Er wollte offensichtlich ganz mit sich allein ins reine kommen.

„Ich kann verstehen, daß du jetzt nicht darüber sprechen möchtest. Solltest du mich jedoch brauchen, ich bin immer für dich da!" sagte Sir Ernest sanft. Dann tippte er an den Hut und ritt los, ohne noch ein Wort zu sagen. Wimpy trabte mit seinem Pony auf die geduckte, alte, graue Kirche zu. Dort sprang er ab und band das Pferd an einen rostigen Ring in der Mauer.

Das Portal war offen. Wimpy trat ein. Im grauen Dämmerlicht im Innern der Kirche sah er Mr. David, den hageren Küster, der wie ein häßlicher alter Rabe hoch oben auf einer Leiter stand und versuchte, ein zerbrochenes Fenster zu verkleben.

Geräuschlos, auf Zehenspitzen, schlich sich Wimpy zwischen zwei Kirchenbänken hindurch. Plötzlich wieherte draußen das Pony. Und weil es so dicht beim Portal angebunden war, schallte das Pferdewiehern mächtig in den alten Steinbau hinein.

„Ooooooooohhhhhhh!" konnte der Küster gerade noch schreien, bevor ein lautes Gepolter jedes weitere Wort überflüssig machte. Zuerst kam der Leimtopf. Dann folgte Mr. David in Etappen nach. Er verlor das Gleichgewicht, stieg mit einem Bein ins Leere, rutschte vier, fünf Sprossen abwärts, fand mit dem anderen Bein und der linken Hand kurz einen trügerischen Halt – und polterte endlich mitsamt der Leiter zu Boden.

Es gab einen mörderischen Krach.

Wimpy lief nach vorn. Er erwartete, einem Verletzten helfen zu müssen. Aber der dürre Mann war glücklicherweise nicht verletzt. In einer Wolke von Holzstaub richtete er sich neben der geborstenen Leiter wieder auf. Rot vor Zorn schrie er Wimpy an: „Du...!!! Du...!!! Du hast mich zu Fall gebracht!!!" Er streckte seine Spinnenfinger aus und zeigte haßerfüllt auf Wimpy. „Du hast an der Leiter gezogen!"

„Wie käm ich denn dazu?" protestierte Wimpy. „Ich saß in der vorletzten Bank, also ganz weit weg! Das Wiehern des Pferdes hat Sie so erschreckt, daß Sie das Gleichgewicht verloren haben!"

„Nein!" zeterte der Küster weiter. „Was willst du überhaupt hier? Du wolltest die Kirche bestehlen!"

Das war ein blutiger Witz. Denn die Kirche war kahl und leer. Alles, was zum Gottesdienst nötig war, brachten Pfarrer und Küster jeweils mit.

„Sag, was wolltest du hier?" Herrn Davids Augen funkelten gefährlich.

„Jemand hat meinen Hund totgeschlagen", antwortete Wimpy, jetzt wahrheitsgemäß. „Der Schuldirektor selbst riet mir zur Kirche zu gehen. Und er gab mir Sonderausgang!"

„Ist dies eine Kirche, in der es um Menschen- oder um Tierseelen geht?" schrie der Küster mit schauriger Stimme. „Willst du mich hier in diesem Raum verspotten? Ein kaputter Hund ist dir ein Gebet in der Kirche wert?"

„Was willst du überhaupt hier?" zeterte der Küster

„Nein!" sagte Wimpy ruhig. „Nur der Unmensch, der meinen kleinen Hund brutal mit einer Hacke erschlug!"

„Das wirst du selbst gewesen sein!"

„Es war Mr. Bimbs, der Torhüter und Aufseher im Internat!" sagte Wimpy eisig.

Das brachte den erbosten Küster noch mehr auf die Palme.

„Du wagst es, einen Erwachsenen zu beschuldigen? Das wagst du ... Eine Lüge in der Kirche? Für diesen Frevel wirst du bezahlen müssen! Hiebe sollst du kriegen! Hiebe ... Hiebe ...", zeterte der alte Rabe.

Voller Verachtung sah ihn Wimpy an. „Bah!" rief er. „Sie sind ja betrunken. Sie riechen ja wie eine zerbrochene Schnapsflasche!"

„Ich bring dich um!" kreischte Mr. David.

Da ertönte eine scharfe Stimme vom Portal her: „Das tun Sie lieber nicht, alter Freund!"

Wimpy erkannte den Friedensrichter, der groß und breit im Kirchenportal stand.

„Du wirst entschuldigen", sagte Sir Ernest gelassen, „dein Geheimnis ließ mir keine Ruhe. Ich bin dir hierher gefolgt. Und nun hab ich gehört, was los ist. Komm! Wir geben Mr. David Gelegenheit, seine unbedachten Worte zu bereuen."

„Euer Gnaden", stammelte der Küster kriecherisch. „Euer Gnaden, ich flehe euch an ... Vergebung, Vergebung ...!!!"

„Ich bin der Friedensrichter, nicht der Herrgott", sagte Sir Ernest kalt. „Komm, Wimpy!"

Sie gingen hinaus zu den Pferden.

„Tolle Geschichte!" begann Sir Ernest.

„Aber ..."

Der Friedensrichter hob die Hand. „Ich weiß", beschwichtigte er. „Ich habe ja Ohren." Plötzlich nahm sein glattes Gesicht einen düsteren Ausdruck an. „Mr. Bimbs, sagst du, der Torhüter, Aufseher und Obergärtner – der hat deinen Hund erschlagen?"

„Ja. Mit einem Gartengerät. Einer Hacke."

„Vorsätzlich?" fragte Sir Ernest.

„Vorsätzlich!" sagte der Junge. „Meine drei Freunde haben es gesehen. Schülersprecher Bones, der älteste von uns, Tobias Stoff und der deutsche Prinz Odilo, den wir Ody nennen. Der Hund war ein Geschenk des Königs. Er hat ihn mir bei dem Empfang in London persönlich gegeben. Zuerst durfte ich ihn behalten. Monatelang ging alles gut. Doch dann befahl unser Direktor, der frisch geadelte Sir Archibald Briggs, aus heiterem Himmel, daß sich Mr. Bimbs um ihn kümmern sollte."

„Und das tat er mit der ihm eigenen Tücke", murmelte der Friedensrichter mehr zu sich selbst.

Wimpy nickte. „Das kleine Tier wurde immer magerer. Zuletzt war es ganz und gar verstört. Da legten wir uns auf die Lauer, um zu beobachten, was der Tierquäler mit meinem kleinen Hund anstellte. Heute lagen meine drei Freunde im Gebüsch auf der Lauer. Ich selbst hatte noch eine Arbeit zu machen. Plötzlich kamen sie an und schrien laut: Bimbs, der Mörder! Das Ungeheuer von Edenhall – und so. Bones und Tobias waren außer sich, Sir. Außer sich, vor Zorn und Wut. Und Ody hat geweint. Bimbs hat gesagt, den Hund hätte ein Landstreicher verletzt, und er, Mr. Bimbs, hätt ihm nur den Gnadenhieb gegeben! Dann hat er gedroht, auch Ody eins mit der Hacke überzuziehen, wenn er etwas verrät."

Der Richter horchte auf. „Den Gnadenhieb. Das ist verteufelt schlau! Ein Erwachsener, Angestellter des Internats, und gegen ihn drei Jungen, deren Wort nichts gilt. Vor allem nicht, wenn es sich gegen Erziehungspersonen richtet! Hm. Und weiter?"

„Wir sind zum Schuldirektor gegangen, zu Sir Archibald Briggs. Der stand wie ein Denkmal in seinem verstaubten Büro und hat mit offenen Augen gepennt, so wie er es immer tut. Zuletzt hat er uns angefahren: „Ein Aufseher von Edenhall erschlägt keinen Hund! Die, die das erzählen, also meine Freunde, sind Verleumder, und wenn ich nicht gleich für sie bete, dann wird er eine Schulkonferenz einberufen, oder uns bestrafen lassen!"

Sir Ernest nickte. „Unter den gegebenen Umständen die einfachste und sicherste Methode. Dummerweise hast du dem Küster die Wahrheit gesagt. Auch, daß du für die Seele des Totschlägers beten willst — und nicht etwa für deine Freunde..."

„Ich konnte nicht anders. Und Sie sagen selbst: ‚Die Wahrheit.' Sie glauben mir also?"

Der Richter setzte sich auf einen Stein und fuhr mit der Reitpeitsche durchs Gras.

„Ich glaube dir, wie ich von der Schwalbe glaube, die dort oben segelt, daß sie eine Schwalbe ist. Ich kenne dich. Ich kenne deine Freunde. Und ich kenne Mr. Bimbs. Vor allem kenne ich den Internatsleiter Archibald Briggs. Wenn es zu einer Verhandlung kommt, wird er drei Lehrer aufbieten, die beschwören, daß der Hund tatsächlich das Opfer eines Landstreichers war! Und daß der ‚gütige' Schuldiener ihm wirklich nur den ‚Gnadenhieb' gegeben hat."

Wimpy biß die Zähne zusammen.

„Du bist ja selber von der Aussichtslosigkeit der Sache überzeugt", fuhr Sir Ernest fort. „Ist es nicht so?"

„Ja", gab Wimpy widerwillig zu. „Und ausgerechnet in Edenhall hängt ein lateinischer Spruch an der Wand, daß man sein Leben der Wahrheit widmen muß, oder so ähnlich!"

Sir Ernest lächelte trübe. „Es ist schlimm, Wimpy. Du hast bewiesen, daß du tapferer bist als mancher Erwachsene. Du steckst jeden Mitschüler in die Tasche. Nun sei auch klug! Es gibt oft Situationen im Leben, wo wir nichts gegen die Brutalität unserer Mitmenschen ausrichten können. Dies wird für dich nicht das letztemal sein. Vorläufig bleibt dir jedoch nichts anderes übrig, als dich einzufügen! Unterzuordnen! So, und nun mußt du zurückreiten, du bist schon sehr lange unterwegs."

Wimpy band sein Pferd los und schwang sich in den Sattel. Sein Gesicht, das sonst munter und lausbubenhaft strahlte, war eine starre Maske.

„Eines Tages, Sir Ernest", sagte er stolz, „eines Tages werde ich die Schule vernichten."

Der Menschenfresser als Tierfreund

Auf dem Rückweg dachte Wimpy das erstemal ernsthaft daran, sich bei Nacht und Nebel aus Edenhall davonzustehlen und auf ein Schiff zu flüchten.

Schließlich war sein Vater ein berühmter Kapitän gewesen. Es gab genügend Leute in der Flotte, die ihm ein treues Andenken bewahrten: Wimpy konnte ihrer Hilfe sicher sein. Aber – und hier war der Haken – wo fand er sie so schnell? Eine Liste mit ihren Adressen besaß er nicht! Und außerdem klang ihm die Warnung des letzten Matrosen seines Vaters im Ohr, der mit eindringlicher Stimme zu ihm gesagt hatte: „Ich rate dir, Wimpy, geh nie auf ein Schiff. Es ist die reine Hölle. Vielleicht manchmal noch schlimmer. Denk an deinen Vater und an das Unglücksschiff Preziosa. Nein, Wimpy. Geh niemals zur See!"

Ausgerechnet dieser letzte Matrose von Kapitän Hard, Herr Tube, war Stallmeister und Ponypfleger auf Schloß Edenhall...

Wimpy blickte auf die langen, hohen Mauern. Dahinter lag die Schule mit ihren Bauten, Gärten und der Parkanlage wie ein gigantischer, einsamer Friedhof. Konnte es auf einem Schiff der königlichen Flotte schlimmer sein? Dort hatte man doch wenigstens freie Horizonte um sich her – und keine Mauern!

Und statt des Muffs und Miefs der Klassen ab und an mal eine frische Brise in der Nase!

Doch er verwarf den Gedanken schnell wieder. Denn nicht nur Menschenschinder und Hundetöter erwarteten ihn im Internat, sondern auch seine besten Freunde. Den langen Bones, Tobias Stoff und Ody durfte er nicht im Stich lassen.

Als Wimpy vor dem massiven Parktor am Glockenring zog, hatte er sich wieder in der Gewalt. Die Doggen des Schuldieners und Aufsehers bellten bedrohlich. Vorlegebalken knirschten. Ein Schlüssel scheppterte im Schloß. Im geöffneten Torflügel erschien das „Menschenfressergesicht", Herr Bimbs, jenes Scheusal, das Wimpys kleinen Hund auf dem Gewissen hatte. Der Junge im Sattel straffte sich. Wie absichtlich stemmte er die linke Hand in die Seite. Er sah über den Mann hinweg, als sei er gar nicht da.

Herr Bimbs hatte heftige Beschuldigungen erwartet, Vorwürfe, Tränen, Gebärden der Wut, ohnmächtiges Gezeter, dann hätte er höhnisch grinsend losbrüllen können. Die ganze Zeit war's ihm schon unheimlich gewesen, daß Wimpy ihn, den ertappten Übeltäter, nicht zur Rede gestellt hatte.

Jetzt saß der Junge da vor ihm auf dem Pony, wie einer, der eine blutbefleckte Rechnung zerrissen hat und nichts mehr davon wissen will.

Herr Bimbs roch das Unerbittliche, das von Wimpys rätselhafter Natur ausging. Er, Bimbs, war für den Bengel toter als der kleine Hund – wenn das überhaupt möglich war. Doch was war bei Wimpy *nicht* möglich?

„Es ... es ...", stammelte der Menschenfresser, der den Jungen haßte. „Es ... es tut mir leid. Ich war es nicht ... ich habe nur den Gnadenhieb ..."

Der Blick, der Bimbs jetzt traf, war alles andere als ein Gnadenhieb. Es war ein Blick, in dem die Trauer einer eisigen Kälte gewichen war.

„Mr. Bimbs", sagte Wimpy leichthin. Seine Worte schnitten

ins Ohr des Mannes und in dessen plumpe Seele. „Erzählen Sie das dem toten Hund. Vielleicht erscheint er Ihnen im Traum. Ich glaube, er wäre nicht dumm genug, Ihnen zu glauben."

Wimpy preschte an dem verdutzt gekrümmten Torhüter vorbei, an den Gemüsegärten entlang. Dort arbeiteten jetzt, am Nachmittag, viele Schüler. Einige richteten sich neugierig auf.

Auf dem Weg, der neben dem Hauptgebäude vorbei in den Park führte, stand ein zweiter Mann. Er war nicht so groß und plump wie der Kerl mit dem Menschenfressergesicht. Im Gegenteil: klein, drahtig, unnatürlich gestrafft, als hätte er einen Stock verschluckt.

Das war Archibald Briggs, verkrachter Pferdezüchter und Schuldirektor (damals sagte man noch Prinzipal) von Edenhall. Er trug einen schäbigen, grünen Jagdanzug, dessen verblaßte Farbe abstach von dem üppigen Grün der Beete, Hecken, Büsche und Bäume ringsumher. Sein ausdrucksloser Blick war auf Wimpy gerichtet.

Wimpy sprang aus dem Sattel. Diesem Mann hatte er seine Rückkehr zu melden. Dazu mußte er absteigen. Hätte er das nicht getan, wären ihm drei Tage Arrest (das hieß: Schulkerker) sicher gewesen.

„Ich sehe, Enkelsohn Lord Wimpers, der Ritt hat dir gutgetan: Er hat dein erhitztes Gemüt beruhigt", schnarrte die tonlose Stimme des Prinzipals.

„Jawohl, Sir", sagte Wimpy, dem fischigen Blick Sir Archibalds standhaltend.

Dem Direktor war Bimbs' Verbrechen sicher genauso klar wie Wimpys Freunden. Doch er hatte zu dem Trick gegriffen, Wimpy wegzuschicken, damit dieser den ersten Schmerz verwand und keine Unüberlegtheit beging.

„Es ist gut", knurrte er. „Gib das Pferd ab und sag deinen Freunden, daß des Schwatzens besserer Teil das Maulhalten ist."

„Jawohl, Sir", sagte Wimpy.

Über das Gesicht des alten Mannes glitt so etwas wie ein Schimmer der Genugtuung. Auch er schien zu denken, daß für den Jungen die Geschichte erledigt war ...

Wimpy ritt um das Schloß herum. Links lag die einstige Winterreitschule, die jetzt enormes Wohn-, Schlaf- und Waschhaus der Zöglinge war. Daneben arbeiteten einige Schüler im Garten Mr. Frogs, des Heimleiters. Andere waren im Wirtschaftstrakt zur Rechten beschäftigt, und, wie Wimpy sah, auch am Schilfgürtel des kleinen Sees.

Bei den Stallungen fand er nicht nur den guten Herrn Tube, sondern auch seine drei Freunde.

Tube paffte dunkle Wölkchen aus seiner Stummelpfeife. Sein braunes Ledergesicht wirkte gespannt. „He, Wimpy! Alles in Ordnung? Ist der Wind aus den Segeln? Sind Zorn und Kummer ein bißchen verraucht?"

„Einstweilen", sagte Wimpy. Er übergab dem Stallmeister das Pony und die Ausgangsmarke.

Tube sah ihn prüfend an: „Bist du Bimbs begegnet?" Wohlweislich hatte der Stallmeister den Jungen beim Ausritt durchs Tor geleitet, um einen Zusammenprall zwischen den beiden zu vermeiden. „Wer hat dir eben aufgemacht?"

„Na, natürlich Mr. Bimbs", erwiderte Wimpy. Er tat, als bemerke er Herrn Tubes sorgenvolle Miene nicht. Und er fügte beiläufig hinzu: „Mr. Bimbs wollte sich entschuldigen. So, als habe dieser Menschenfresser nur eine wertlose Tasse zerbrochen."

Tube atmete auf. „Ich bin auf deiner Seite, Wimpy. Das weißt du. Wenn's nach mir ginge, ich würde gern 'ne Breitseite auf ihn abschießen. Aber im Nebel kann man nicht kämpfen. Und die sind hier alle Meister im Vernebeln. Von Bimbs bis rauf zum Direktor."

Die drei Freunde näherten sich. Der Lange, Bones genannt, war Schülersprecher. Die beiden anderen waren etwa in Wimpys Alter und Größe: Tobias Stoff und der deutsche Prinz

Odilo, kurz „Ody".

„Die drei Verleumder des edlen Ritters vom Tore grüßen dich zerknirscht", scherzte Bones trübe.

„Hast du um Gnadenhiebe für den Gnadentöter gefleht?" fragte Tobias höhnisch. Ody, dessen Augen immer noch gerötet waren, blieb stumm.

„Ich habe den Friedensrichter getroffen", sagte Wimpy. „Er meint, wir sollen still sein. Wir hätten keine Chancen."

„Na, was sag ich . . .?" rief Mister Tube.

„Und Sir Archibald läßt auch bestellen, es wäre besser, das Maul zu halten", fuhr Wimpy fort.

„Das wird ja . . .", schluckte Ody, „. . . das wird ja immer schöner! Am Ende haben *wir* den Hund erschlagen, und Bimbs hat es gesehen! Hier wird ja alles auf den Kopf gestellt!"

„Vorläufig nicht!" warnte Tube. „Vorläufig wird vertuscht. Merkt ihr nichts? Die wollen diese ganze schlimme Sache ungeschehen machen. Fügt ihr euch, ist alles gut."

„Gut!" wiederholte Bones trocken. „Aber können gewisse Leute ihren blinden Haß auf Wimpy ungeschehen machen? Das ist nämlich der springende Punkt! Weil er bei einigen beliebt ist, hassen ihn andere um so mehr! Sein Großvater ist ein mächtiger Lord im englischen Königreich, aber Wimpy pfeift drauf, und das ärgert sie. Er tut sich leicht mit den Schulaufgaben und im Sport, das drückt ihnen die Luft ab. Bisher hat man ihn bei keiner Mogelei erwischen können. Na, und da zielt man eben hinterrücks! Zuerst auf seinen Hund – und dann . . .!" Er sprach nicht weiter.

„Ja . . .", murmelte Tube. „Bones hat recht. Es gibt Typen, die fressen den Haß mit der Kelle. Den Haß auf alles, was nich' so böse und gemein is' wie sie selber. Wimpy muß sich höllisch vorsehen."

„Ich werde mir schon noch meinen eigenen Galgen zimmern", sagte Wimpy durch die Zähne. Er war kalkweiß geworden.

„Unsinn", brummte der ehemalige Seemann. „Du weißt nicht, was du redest. Dein Vater hat einmal gesagt: ‚In einem Land, in dem es Holz und Stricke gibt, spricht selbst ein Engel besser nicht vom Galgen.'" Er kratzte sich am Kopf. „Aber, da wir von Holz reden: Deine Freunde waren gerade dabei, eine Kiste für den toten Hund zu bauen. Ich hab ihn in einem Sack von Bimbs geholt. Ihr könnt das Tierchen vergraben."

„Aber nicht hier", meinte Ody in zornigem Eifer. „Etwas weiter weg! An 'ner besonders schönen Stelle im Park! Und ich finde, wir sollten ihn nachts beerdigen, nachts, wenn alles schläft!"

Keiner ahnte, was in der Nacht noch geschehen würde.

Alarmsignale in der Nacht

In milchiger Dunkelheit lösten sich vier Schatten aus der klobigen Masse der Schülerunterkunft. Es waren Bones, Tobias Stoff, Ody und Wimpy. Sie hatten sich ihre Anstaltsmäntel über den Kopf gezogen und mit dem zweiten oder dritten Knopf am Kinn befestigt.

Sie liefen über die Wiese, von den Gebäuden weg, auf den schwachen Schimmer einer Stallaterne zu. Am Schilfgürtel stand Mister Tube, die Kiste vor sich, einen Spaten geschultert. Das schmale, kleine Etwas neben ihm war Isabell, die Enkelin der Kleiderbewahrerin aus dem Wirtschaftstrakt. Isabell mochte Wimpy sehr. Der Verlust seines Hundes erfüllte sie mit Trauer und Zorn.

„Wo sind Bimbs' Doggen?" wisperte Bones.

„Vorn!" wisperte Isabell zurück.

Es hieß zwar immer, die Doggen strichen nachts frei im Park herum, um Eindringlinge oder schleichende Schüler zu stellen. Aber Bimbs war zu faul, um den Tieren nachzujagen.

Schnell liefen die vermummten Gestalten hinüber zur Teufelseiche

Darum hatte er sie darauf dressiert, in Tornähe zu bleiben.

„Für alle Fälle habe ich Knochen mit. Aus der Küche geklaut!" sagte das Mädchen.

Wimpy nahm ihr die Laterne ab, und sie huschte zur Wiese zurück, um aufzupassen. Bones hob die Holzkiste auf. Der Mann und die Jungen beeilten sich, festeren Boden zu erreichen. Sie wollten keine Spuren hinterlassen. Die Büsche hinter ihnen verschluckten das ohnehin dürftige Licht.

„Da! Der dreigeteilte Baum! Die Teufelseiche! Das ist die beste Stelle!" meinte Tobias.

Die Leute auf Edenhall waren abergläubisch. Sie würden sich hüten, unter dieser Teufelseiche etwas zu suchen. Den Baum hatte einst ein Blitz in Stücke gerissen. Doch, o Wunder, alle drei Teile schlugen in jedem Frühjahr wieder aus.

Der Mann und die Jungen billigten den Vorschlag. Sie stapften auf die geborstene Eiche zu.

Wimpy hob die Laterne.

Herr Tube begann zu graben.

Bones machte sich bereit, die Kiste in das Loch zu stellen. Wind raschelte in Schilf und Büschen, bewegte die Umhänge und ließ das Licht unheimlich flackern.

„So!" schnaufte Tube. „Das ist tief genug." Er trat zurück und wartete, bis Bones den Holzkasten hineingelegt und zurechtgerückt hatte. Schnell schaufelte er Erde darüber.

Plötzlich sagte Bones: „Was ist das?"

Er riß den Kopf herum und lauschte. Im Schein der Laterne sah man seine entsetzten Augen.

Tube stieß einen Fluch aus und richtete sich schnell auf. Auch er horchte.

Alle vier standen starr.

„Die Torglocke!" rief Ody. „Und die Doggen! Sie bellen wie rasend!"

„Hab's mir fast gedacht!" zischte Tobias Stoff. „Wir sind in 'ne Falle gerannt!"

„Falle...???" Bones zuckte merklich zusammen. „Klar! Bimbs hat geahnt, was wir vorhaben. Er hat nicht geglaubt, daß Herr Tube den toten Hund einfach untern Misthaufen schiebt!"

„Na, und?" fragte Wimpy. „Was heißt das?"

„Denk an die Schulgesetze!" erwiderte Bones hastig. „Da heißt es: ‚Kein Schüler darf eigenes oder fremdes Eigentum auf dem Gelände vergraben...'" Er hob die Stimme: „‚... oder vergraben *lassen!*' Daran hat Tube nicht gedacht! Wir haben uns strafbar gemacht!"

„Eigenes oder fremdes Eigentum?" schnaubte der Stallmeister. „Gemeint sind Wertsachen. Dinge, die man zur Flucht gebrauchen kann! Oder gestohlenes oder geschmuggeltes Gut! Was soll denn einer mit dem Hundefellchen anfangen?"

„Der Hund, tot oder lebendig, ist Wimpys Eigentum. Aber die Kistenbretter gehören Edenhall, sie sind also ‚gestohlenes Gut', wenn man so will!" sagte Bones außer sich. „Und man *wird* so wollen. Gesetze sind auslegbar, und wir haben's mit Unmenschen zu tun!"

Tube trat die Erde fest. Wieder richtete er sich auf. Und in einem Ton, der die Jungen erschauern ließ, sagte er: „Wenn einer von euch für das hier geprügelt oder eingesperrt wird, ist 'ne größere Grube fällig. Eine für die Ratte Bimbs! So wahr ich Tube heiße! Und so wahr ich unter Wimpys Vater gegen die Seeräuber segelte!"

„Nein!" rief Wimpy heiser. „Nicht, Mister Tube! Um Himmels willen..."

Es knackte in den Büschen.

Tube hob den Spaten, doch Bones, Stoff und Ody fielen ihm in den Arm. Wimpy drehte sich um, mit der flackernden Lampe in der Hand.

Vor ihm stand Isabell.

„Was gibt's? Wo ist die Ratte?" schnaubte Herr Tube.

„Welche Ratte?" fragte das Mädchen. „Ach so, nein! Hier ist niemand! Aber am Tor ist was los! Da ist 'ne Kutsche gekommen! Muß was furchtbar Wichtiges sein! Ich sah viele Schatten! Beim Direktor gehen die Lichter an!"

„Weg hier! Alle weg hier! Zurück in die Quartiere!" befahl Bones erleichtert.

Er rannte mit Wimpy, Ody und Tobias auf die Schülerunterkunft zu. Mister Tube und Isabell verschwanden in Richtung der Ställe. Der Lärm vorne am Tor, das bemerkten sie jetzt deutlich, hatte nichts mit ihnen zu tun.

Vor der Unterkunft erschienen bereits die Gestalten aufgeschreckter Schüler. Flüsternd blickten sie auf die rätselhaften Vorgänge am Direktions- und Schulhaus. Bones, Wimpy,

Tobias und Ody schlugen einen Haken. Sie mischten sich von der Seite her unter die Neugierigen.

Geistesgegenwärtig tat Bones, als hätten sie soeben die Lage erkundet.

"Es hat Sturm geläutet, und ein Wagen ist gekommen!" meldete er scheinbar wichtig. "Jetzt mitten in der Nacht! Hat man so was schon erlebt?"

"Mr. Tube ist auch schon auf", fügte Tobias Stoff hinzu, nur um etwas zu berichten.

"Und jemand aus der Küche!" sagte Ody. Wobei er nicht verriet, daß dieser "Jemand" Isabell war.

Das Sturmläuten hatten viele gehört. Den Wagen sahen jetzt alle. Er stand mit großen, spiegelnden Lampen vor dem Direktions- und Unterrichtsgebäude von Edenhall. Im grellen Schein von Pechfackeln waren die Reit- und Kutschpferde zu sehen. Es zeigten sich flüchtig die Doggen von Herrn Bims. Dann erschienen zwei hochgewachsene Männer mit schwarzen Umhängen, ein Uniformierter in Blau und Braun mit Koppelhaltern und Gewehr, eine weitere Gestalt, die wie ein verbeulter, vollgestopfter Sack wirkte – und ein Offizier im königlichen, roten Rock.

"Das ist aber kein Staatsbesuch!" meinte ein Schüler dumpf.

"Verdammich, nein!" murmelte ein anderer. "Wenigstens kein guter! Warum kämen die sonst nachts?"

Vor allem der Uniformierte in Blau und Braun gab zu denken. Nach Ansicht vieler war das ein Zollbeamter.

Was hatte ein Zollbeamter in der Mitternachtsstunde in Edenhall zu tun? Noch dazu mit umgehängtem Gewehr?

"Kinder! Vielleicht wird der Direktor verhaftet?" rief ein Schüler hoffnungsvoll.

Wer eben noch müde war, wurde hellwach. Der Schuldirektor... verhaftet??? Das klang *zu* schön! Am liebsten hätten einige schon aufs Geratewohl "Hurra" geschrien. Und es wurden die abenteuerlichsten Vermutungen laut:

„Wenn der Zoll da ist, hat Sir Archibald geschmuggelt!"
„Er kann auch Warenpapiere gefälscht haben!"
„Oder er verschiebt unser Essen auf Schiffe!"
„Quatsch! Er kauft gestohlene Lebensmittel, weil sie billig sind. Reis, Mehl, Kakao in Säcken!"

In diesem Augenblick ritt der Heimleiter Frog von seiner Hütte her am Schulhaus vorbei. Auch er schwenkte eine Lampe. Sie beleuchtete sein mürrisches, verschlossenes Gesicht. Er kümmerte sich nicht um die aufgeregten Jungen. Ihn hatte die Glocke natürlich ebenfalls geweckt. Er mußte der Meinung sein, daß er da vorn gebraucht wurde.

„Der wird auch verhaftet!" jubelte ein Schüler gedämpft. „Zusammen mit Bimbs! Das ist klar! Sie stecken alle unter einer Decke!"

Die vier Freunde hielten sich abseits. Das fiel in der Dunkelheit nicht auf. Bones kicherte: „Der Alte, Herr Frog und Menschenfresser Bimbs, der Totschläger, in Ketten! In Handschellen und Fußeisen! Das möcht ich sehen! Aber soweit sind wir leider noch nicht, meine Herren!"

„Nee, soweit längst nicht", bestätigte Tobias trocken.

„Eher beschlagnahmen sie unsere Schulbücher, um die Eselsohren zu zählen!" murrte Ody.

Bones lachte wieder: „Oder der Zoll fahndet bei den Lehrern nach Läusen – die uns dann angerechnet werden." Er unterbrach sich. „He, was ist das . . .?"

Die Wagenlampe beleuchtete jetzt einen dritten Uniformierten: einen Marineoffizier.

Im Haupthaus waren nacheinander die Lichter angegangen. Die Tür zum Seitenflügel stand offen. Auch bei den Wirtschaftsgebäuden zeigte sich hie und da ein flackernder Lichtschein. Man sah die Wirtschafterin und den Sekretär des Prinzipals. Drei der Ankömmlinge verschwanden im Eingang. Sie warfen lange, flackernde Schatten. Es war zu erkennen, daß sie höflich die Hüte lüfteten.

„Tube!" brüllte Herr Bimbs. „Tube! Die Pferde versorgen! Heh! Hast du die Glocke nicht gehört? Wir haben Gäste! Hohen Besuch...!"

„Sag ich's nicht?" meinte Bones enttäuscht. „Von wegen: Der Alte wird verhaftet! Kumpane sind's! Ehrenwerte Dunkelmänner, die mit ihm 'ne schwarze Lieferung beraten! Zwei bestechliche Offiziere und ein Zöllner, der wahrscheinlich ganze Warenladungen verschaukeln will!"

Doch Bones täuschte sich. Das Schattenspiel betraf die Schule und die Schüler.

Schlag Mitternacht sollten sie es alle wissen.

Der Heimleiter erschien zu Pferde vor der Unterkunft: ein

*Dumpf und bedrohlich klang
das Horn neunmal in die schwarze Nacht*

schemenhafter, starrer Sendbote des Unglücks. Er blies in ein Horn, dreimal, sechsmal, neunmal: ...uuh ...uuh ...uuh ...

Die letzten Töne verklangen, und der Reiter verschwand wie ein Gespenst.

Die Jungen in ihren Nachthemden und lose umgeworfenen Jacken oder Mänteln standen wie betäubt. Die Stimme des jüngsten Gerichts hatten sie zwar *nicht* gehört, doch der Klagelaut dieses Horns meldete kaum weniger Schreckliches für sie.

„Verbrechen!" bedeutete das Signal. „Ein Schüler hat ein Verbrechen begangen. Ausnahmezustand! Das Schulgericht tritt zusammen!"

„Alle rein in die Unterkunft!" rief Bones hastig. „Schnell anziehen! Jeder wartet an seinem Bett. Die Diensthabenden melden mir Vollzähligkeit!"

Der Klang des Horns, bei Tag oder Nacht, bedeutete nämlich gleichzeitig, daß man sich zu Zeugenaussagen bereithalten sollte.

In den Schlafräumen summte es wie in einem Bienenkorb. Auf den Tischen und an den Wänden brannten trübe Funzeln. Besonders hartnäckige Schläfer wurden geweckt. Bones, Ody, Wimpy und Tobias Stoff traten sich gegenseitig auf die Füße – in der Vierbett-Nische, die sie neuerdings miteinander teilten.

„Und es geht doch um uns!" hauchte Ody. „Ich wette, sie haben Tube verhaftet. Sie foltern ihn schon im Keller, weil sie wissen wollen, was in der Kiste war!"

„Quatsch!" sagte Bones.

„Mensch, überleg mal!" rief Tobias. „Hast du heut nachmittag am Stall einen Heeresoffizier, einen Kapitän und einen Mann mit Gewehr um uns rumschnüffeln sehen...? Daß ich nicht lache! Hier geht's um mehr als um die lumpigen Bretter! Die Männer kommen von weither. Sie sind 'ner Sache auf der Spur, die was mit einem Schüler zu tun hat. Einer *großen* Sache, sage ich!"

„In 'ner großen Sache steckt niemand von uns", brummte Bones. Er knöpfte sich die Jacke zu. „Oder hat einer von euch etwas angestellt?"

Wimpy setzte sich aufs Bett: „Der Küster hat heute behauptet, ich hätte ihn von der Leiter geschmissen. Außerdem habe ich zu Sir Ernest gesagt, ich will die Schule vernichten...!"

„Waaas...?" fragten alle gleichzeitig.

Diese Beschuldigung — und eine solche Drohung genügten allerdings, um ganz Edenhall aus den Betten zu holen.

„Und ich hab dem Küster gesagt, daß Bimbs ein Hundetöter ist!"

„Ohne Beweis — Erwachsenenverleumdung! Mein Gott...", stöhnte Bones. „Wenn sie dir das alles ankreiden, *ganz dick* ankreiden, bist du der schlimmste Gauner der Grafschaft! Er machte eine Pause und überlegte. Dann sagte er ruhig: „Sir Ernest ist dein Freund! Der wird dich weder verpfeifen noch anklagen! Außerdem haben wir vorhin bei der Kutsche einen Zöllner gesehen. Nein, nein! Beruhige dich! Das hat mit dir nichts zu tun!"

„Nee!" meinten Ody und Tobias, nun ebenfalls überzeugt.

Bei etwas reiflicherem Nachdenken kam schließlich auch Wimpy zu dem Schluß, daß der Alarm nicht ihm galt.

Doch er täuschte sich. Denn das Hornsignal war der Auftakt zum zweiten Akt in Wimpys abenteuerlichem Leben gewesen...

Die Straf-Schnecke für eine Schlange

Nacheinander bekam Bones die Vollzähligkeitsmeldungen.

Plötzlich rief ein Gruppenältester: „Mir fehlt einer! Arthur Cripps! Cripps ist nicht da!"

„Abends war er noch da ... Vorhin auch noch ... Er hat mit uns draußen gestanden ...!" schallte es durcheinander.

„Hier ist er schon!" krähte eine Stimme. Cripps, unscheinbar und spindeldürr, wurde zu Bones geschoben.

„Hab ein bißchen spioniert!" rechtfertigte er sich. „War bei der Kutsche und am Tor, bei Mr. Bimbs."

Bones musterte ihn, so gut es in der trüben Beleuchtung ging. Cripps galt als unkameradschaftlich. Bei den Lehrern war er beliebter als bei den Schülern. Und mit dem Menschenfresser, dessen Frau (und dessen Doggen!) mußte er ja verteufelt gut stehen, wenn er sich nachts in ihre Nähe wagte!

Doch das zählte jetzt nicht.

„Und?" fragte Bones knapp. „Weißt du was Näheres?"

„Alles weiß ich!" triumphierte Arthur Cripps. „Aber haltet euch fest, sonst haut's euch glatt um!"

„Ruhe, Ruhe! Seid still!" rief ein Größerer den Herandrängenden Schülern zu. „Cripps weiß, was los ist! Er will's uns sagen!"

„Lauter!" rief jemand aus der Tiefe des Saales.

„Nun red schon!" forderte Bones.

Arthur holte tief Luft. Bedeutungsvoll sagte er: „Ihr erinnert euch doch sicher noch an *den,* der voriges Jahr ausgerissen ist ...?"

Es war plötzlich sehr still um Cripps. Diese Stille pflanzte sich gleichsam „tropfenweise" fort. Das letzte „Was hat er gesagt ...?" verebbte in den hinteren Reihen.

Ausgerissen? Im vorigen Jahr? Das war länger her! Mindestens eineinhalb Jahre, wenn nicht sogar mehr!

Aus Edenhall war nur *einer* geflohen, und das war der gemeinste, roheste, zugleich aber hinterlistigste Junge, der jemals eine Schulbank gedrückt hatte. Ein trickreicher, stets auf Schikane, Verrat und Vorteil bedachter Bursche. Von den Mitschülern war er mehr gefürchtet worden, als der Menschenfresser Bimbs. Über eineinhalb Jahre lang hatte er die Schüler unterdrückt, und die, die ihn in Edenhall noch erlebt hatten, hatten ihn nicht vergessen:

Gordon Gort hieß dieses Monstrum.

Der Todfeind Wimpys. Wimpy hatte ihn, den Tyrannen „Gogo" — wie er genannt wurde — durch Geschicklichkeit und List besiegt, obwohl Gogo einige Jahre älter war, und ihm sein Ansehen genommen. Diese Schande hatte Gogo fliehen lassen. Und es blieb eines der vielen, offenen Geheimnisse Edenhalls, daß Mr. Bimbs sein Fluchthelfer gewesen war.

„Ja, Gordon Gort ist wieder da!" bestätigte Arthur Cripps.

Nun erhob sich ein Sturm der Entrüstung, selbst unter denen, die den Gefürchteten nur vom Hörensagen kannten.

Wieder da? Das war doch nicht möglich! Wie kam die Schule dazu, Gogo wieder aufzunehmen? Und nach *so* langer Zeit? Eine Type, die sich inzwischen Gott weiß wo herumgetrieben hatte?

„Er steckt jetzt bei Bimbs im Arrest!" rief Arthur Cripps. „Zwei Rechtsanwälte, ein Hauptmann und ein Kapitän haben ihn in der Kutsche gebracht. Und ein Zollbeamter mit Gewehr ist nebenhergeritten!"

Nach dem, was der Junge in der Eile erlauscht, erspäht und in kurzen Worten von Bimbs direkt erfahren hatte, stellte sich die Sache niederschmetternd einfach dar:

Soldaten und Zöllner hatten an der Küste einen Schlag gegen ein Piraten- und Schmugglernest geführt. Die erwachsenen Verbrecher waren — wie üblich — von einem Kriegsgericht verurteilt worden. Gogo aber hatte sich als entlaufener Schüler und mißratener Sohn eines hohen Staatsbeamten zu erkennen gegeben. Das war sehr schlau von ihm. Ein Kurier aus London — ein Kapitän — hatte das bestätigt, desgleichen zwei Anwälte ...

„Ich begreife!" stöhnte Bones. „Da hat man sich's leichtgemacht! Ein entlaufener Schüler, sofern er niemand ermordet hat, kann von einem öffentlichen Gericht — auch vom Kriegsgericht – einem *Schulgericht* überstellt werden, wenn dieses Schulgericht die ‚Auslieferung' annimmt. Das ist der Weg, diesen Strolch davonkommen zu lassen! Jetzt beknien die Anwälte den Direktor, daß er das begreift! Sonst nehmen der Hauptmann und der Zöllner Gogo wieder mit. Dann gibt es keine Gnade!"

„Die Anwälte werden den Alten sicher überzeugen!" lachte Tobias bitter. „Mit Geld! Mit viel Geld! Habt ihr je gehört, daß Sir Archibald das Wörtchen Geld mal *nicht* begriffen hat?"

Wimpy saß wie betäubt.

Gogo, sein Todfeind, den er endgültig aus seinem Leben verschwunden geglaubt hatte, Gogo war wieder da: Vor Wimpys Augen wurde er größer und größer und verstellte ihm von neuem jede Hoffnung. Von Gogos Spießgesellen hatten alle Größeren inzwischen das Internat verlassen. Denn dreizehn, neuerdings vierzehn (in seltenen Fällen fünfzehn) war für Edenhall die Altersgrenze. Um so schrecklicher hatten die Jüngeren den Schinder Gogo in Erinnerung.

Für Wimpy war sein Wiederauftauchen der härteste Schlag.

In den drei Jahren hatte es auch unbeschwerte, ja, lustige Tage auf Edenhall gegeben. Doch heute war ein schwarzer Tag gewesen. Und noch schwärzer war diese Nacht.

Um auf dem laufenden zu bleiben, schickte Bones einen Späher nach draußen.

„Die Pferde sind ausgeschirrt und im Stall", meldete er. „Die Kutsche steht jetzt im Wirtschaftshof. Für die Gäste wird Quartier gemacht. Alle Lehrer mußten sich anziehen. Der Alte hat 'ne dringende Besprechung angesetzt."

„Von wem weißt du das?" forschte Bones.

„Von Isabell", sagte der Späher. Es war ein zuverlässiger, flinker Junge. Und was Isabell sagte, stimmte immer.

„Der Zollbeamte mit dem Gewehr ist bei Herrn und Frau Bimbs untergebracht", fügte der Kleine hinzu.

„Aha, neben Gogos Gefängnis", sagte Bones. „Er ist die Verantwortung erst los, wenn die Konferenz garantiert, daß Gogo vor ein Schulgericht kommt."

„Achtung! Der Heimleiter!" tönte es von der Tür her.

Mr. Frog stand plötzlich in der Unterkunft, steif, grau, unscheinbar, abweisend: die eine Hand auf dem umgehängten Horn, in der anderen eine derbe Reitpeitsche. Er sah wie der Geist eines Nachtwächters aus. Aber wehe dem, der über ihn gelacht hätte.

„Schulsprecher, he!" rief er. Seine Stimme klang kaum anders als sein Horn.

„Hier!" antwortete Bones.

„Sofort zum Direktor!"

Frog verschwand. Die Schüler bestürmten Bones.

„Der Alte und die Lehrer werden dich fragen, ob Gogo vor ein Schulgericht kommen darf", meinte Tobias Stoff. „Du sagst: ‚Auf keinen Fall! Einer, der über ein Jahr verschwunden war, gehört nicht mehr nach Edenhall!'"

„Nicht ums Verrecken!" schrie jemand.

„Ja! Er soll sich von des Teufels Großmutter braten lassen!" erboste sich Ody.

„Wenn du nicht durchdrückst, daß der Zöllner Gogo wieder mitnimmt, und zwar auf der Bajonettspitze", tobte ein Junge, „dann bist du Schulsprecher *gewesen!*"

Wimpy schwieg. Er sah, daß der gute Bones sehr blaß war.

„Will sehen, was ich tun kann", murmelte er. „Laßt mich durch! Holla, macht Platz! Laßt mich raus..."

Die „lange Nacht" wollte kein Ende nehmen. Manche Schüler hatten sich angezogen auf die Betten gelegt, obwohl das verboten war. Einige schliefen. Durch die Schnarchgeräusche drang ab und zu ein hitziger Disput: welche Aussichten Gogo habe – und ob sich Bones beim Direktor und bei den Lehrern durchsetzen könne.

„Es wird hell!" murmelte Ody.

Tobias Stoff hob den Kopf: „Draußen singen schon die Vögel."

„Und im Wirtschaftshof krähen die Hähne!" bemerkte Ody. Er fügte hinzu: „Das ist kein gutes Zeichen!"

Jetzt lachte Wimpy. Mochte kommen, was wollte. Abergläubisch war Wimpy nicht.

Endlich kehrte Bones zurück. Er war noch blasser als vorher. Die Schüler rappelten sich hoch. Schläfer wurden geweckt. Aus hohlen oder müde blinzelnden Augen starrten alle auf den Schulsprecher.

Bones stieg auf einen Hocker.

„Hört her!" sprach er in die dumpfe Stille hinein. „Der Prinzipal und die Lehrer haben entschieden."

„Daß Gogo hier die Luft nicht wieder verpesten darf?" fuhr Tobias dazwischen. „Daß diese Kröte, diese Schlange, dieser Tintenfisch..." Er gebärdete sich, als wolle man ihm eine ganze Sammlung ekliger Tiere auf den Rücken packen. „... daß diese Qualle vor ein richtiges Gericht kommt?"

„Laß Bones reden!" rief ein Schüler. „Was hat man entschieden?"

„Gogo bleibt und wird vor ein Schulgericht gestellt!" verkündete Bones.

Einen Moment herrschte tiefstes Schweigen. Dann erzitterte der Bau unter einem mehr als hundertfachen Empörungsschrei. Es begann Vorwürfe zu hageln. Vorwürfe gegen Bones, den Schulsprecher.

„Halt!" verteidigte sich Bones. „Ich habe getan, was ich konnte! Ich habe protestiert. Ich habe gewarnt. Aber ihr wißt: Als Sprecher kann ich nur die Ansicht der Schüler vorbringen, mehr kann ich nicht! Die Lehrer und der Alte sind entschieden anderer Meinung."

„Hört, hört!" schrie Ody.

„Die Piraten hätten ihn als schreibkundigen *Schüler* mißbraucht", berichtete Bones. „Immer nur als *Schüler,* versteht ihr? Gogo war die ganze Zeit entlaufener *Schüler* und nicht aus freiem Willen unter den Piraten! Deshalb kommt für ihn kein anderes Gericht in Frage als das Schulgericht von Edenhall."

Tobias stieß Wimpy in die Rippen: „Das ist schlau! Verdammt schlau!" ächzte er. „Damit ist er vor Soldaten, Zöllnern, Gewehrkugeln und Galgen sicher. Hier kommt er mit 'ner Schulstrafe davon!"

„Es fragt sich aber, wie die Schulstrafe aussieht", rief Bones. „Im Schulgericht stimmt die ganze Schulkommission mit allen Schulräten von draußen mit!"

Dazu gehörten Männer wie der alte Gelehrte von Eden-Thorpe, der Arzt, der Apotheker und andere. Nicht zuletzt der Friedensrichter! Für den Ausreißer war also längst noch nicht alles gewonnen.

Denn eines war klar: Ohne Urteil und ohne Strafe durfte Gogo in die Schulgemeinschaft nicht wieder eingegliedert werden. Das Urteil konnte auch lauten: Strafe und *Ausschluß*. In einem solchen Fall würde Gogos Vater sein Früchtchen unter Schimpf und Schande aus Edenhall fortnehmen und als Packer oder Lastenträger ein paar Jahre nach Westindien schicken müssen. So wollten es die unerbittlichen Sitten.

„Mr. Bimbs wird Gogo kurz herbringen, damit wir ihn gebührend begrüßen!" verkündete Bones weiter. „Was das heißt, ist klar!"

Diebe, Gewalttätige und Ausreißer hatten von der gesamten Schülerschaft eine Abreibung zu bekommen. Einmal wegen „Schädigung der Ehre von Edenhall" (der Teufel mochte wissen, was darunter zu verstehen war). Zum anderen, um den Schülern die höchstwillkommene Gelegenheit zu bieten, aufgestauten Ärger loszuwerden. Zum dritten sollte es der Abschreckung dienen. Nun, die Abschreckung war fraglich, denn als Gogo selber noch Schulsprecher und Haupt-Aufpasser war, hatte er zu den rohesten Mitteln gegriffen. Die hatten ihn aber schließlich nicht davon abgeschreckt, eine Flucht zu riskieren!

„Tische, Bänke, Hocker zur Seite!" befahl Bones. „Wir bilden eine ‚Schnecke'!"

Die Schüler hatten sich nun in spiralförmigen, am Eingang offenen, im Inneren immer enger werdenden Linien — mit Bones als End- und Mittelpunkt — aufzustellen. Durch diesen Schneckengang würde sich der Missetäter unter den prügelnden Fäusten buchstäblich hindurchwinden müssen. Aber es war zu wetten: Weit würde Gogo nicht kommen, und die „Schnecke" würde schnell zum Knäuel werden.

Rum — rum — rumrumrum — wummwumm ... ertönte draußen das anschwellende Geräusch einer Trommel. Gogo wurde gebracht ...

Rum — rum — rumrumrum — wummwumm ...

Vor der geöffneten Doppeltür hielt eine trübsinnige Gruppe, ein fahler Haufen im nebligen Morgengrauen. Herr Bimbs, Herr Frog zu Pferde, der Trommler — und der Zollbeamte. Der Zöllner war zum Umfallen müde, denn er schwankte und stützte sich auf sein Gewehr. Eigentlich hatte er mit Gogos Bewachung nichts mehr zu tun, da die Schulgerichtsbarkeit den Jungen übernommen hatte. Aber ihn trieb die Neugierde.

Wer aber war der aufgedunsene Jammerlappen neben Frogs Gaul und dem Riesen Bimbs? War das wirklich Gordon Gort? Der Aufenthalt bei Piraten und Schmugglern schien ihm nicht sehr gut bekommen zu sein! Verhöre, Ungewißheit und Strapazen des Transports hatten ihn zusätzlich verändert. Da stand kein „Herrscher" mehr, sondern ein geknautschter Sack.

Frog gab ihm aus dem Sattel einen Tritt. Drei Schüler stürzten sich auf ihn und stießen ihn zu den anderen.

„Denkt daran", brüllte der Schüler Morris, der sehr unter Gogo gelitten hatte, „denkt daran, daß wir hungern müssen, so lange kein Spruch gefällt ist!"

Wutgeheul war die Antwort.

Gogo verschwand unter prügelnden Fäusten, und Bones

„Ist dieser aufgedunsene Jammerlappen wirklich
Gogo, die Schlange?" fragten sich die wartenden Jungen

mußte schon nach einigen Sekunden rufen: „Genug! Es ist genug!"

Der Trommler draußen, dämlich wie er war, schwang weiter stumpfsinnig die Stöcke: Rum – rum – rumrumrum – wummwumm ...

Plötzlich stand wie von der Sehne geschnellt ein drahtiger, strohblonder Junge vor ihm, ein Schüler, der sich von den Prügelnden im Saal gelöst hatte und durch die Tür ins Freie geschossen war.

„Aufhören!" befahl der dem Trommler. „Aufhören, sag ich! Da drin wird keiner hingerichtet!" Er riß dem Burschen die Trommelstöcke aus der Hand und warf sie zwischen Frogs Pferd und dem Zöllner hindurch auf die neblige Wiese. Die Männer und Bimbs' Neffe glotzten kaum geistreicher als der Gaul.

„Wer bist denn *du?*" fragte der Kerl mit der verstummten Trommel.

„Wimpy!" kam die eisige Antwort.

Zehn gute Gründe für den Schmuggler

Der Tag nach der „längsten Nacht von Edenhall" war schon sommerlich schön. Aber unter den Schülern herrschte alles andere als Eintracht und Frieden. Den verbleuten Gogo hatten Bimbs und sein Neffe zurück in die Zelle geschleift, und fast wären Bones, Wimpy und Ody noch die Opfer einer Empörung geworden.

Morris war außer sich, weil Bones die „Abreibung" beendet hatte.

Bones versuchte zu erklären: „Es war nicht Sinn der Sache, Gogo die Birne einzudreschen. So 'ne Abreibung muß halbwegs symbolisch bleiben. Wer das nicht kapiert, ist nicht besser als der Menschenfresser Bimbs oder Gogo selber."

Wimpy war viel zu stolz, um sich zu rechtfertigen. Er hatte auch keine Hand gegen seinen gedemütigten Todfeind erhoben.

Und Ody hatte versichert: „Dies ist keine Schule, sondern eine Menagerie! Jawohl, ein Affenkäfig und ein Bärenzwinger."

„Nein! Eine Kleinkinder-Bewahr-Anstalt!" rief Tobias Stoff dagegen.

Die weiteren Ereignisse lenkten die Gedanken in andere Richtungen. Der Unterricht fiel heute aus. Das Essen auch. Die Schüler mußten gruppenweise im Park herumspazieren, ein Buch unterm Arm oder vor der Nase, und lateinische Verse lernen.

Am späten Nachmittag berieten die Lehrer mit dem Direktor weiter. Es hieß, sie bereiteten die Hauptsitzung vor, auf der über Gordon Gort gerichtet werden sollte.

Der Zollbeamte war als erster fortgeritten, „kaum daß er eine Stunde geschnarcht hatte", wie Mr. Tube zu vermelden wußte. Tube erzählte auch: „Die schwarzberockten Männer mit der Kutsche, das sind die Rechtsanwälte von Gogos Vater. Sie sind nach Eden-Thorpe, ins Gasthaus, gezogen. Der Armeeoffizier ist über alle Berge. Nur der von der Marine is' noch hier. Ein Kapitän der Flotte. Hehe. Und ich will kein Matrose gewesen sein, wenn ich nich' wüßte, woher der Wind weht: Der kommt vom König, um für Gordon Gort zu bitten!"

„Haben Sie diesen Kapitän gesehen?" fragte Wimpy.

„Nein. Aber wenn in einem Schiff was faul ist, riecht man's durch die Planken!"

Mittags kamen zwei Mitglieder der Schulkommission in ihren Wagen. Frog hatte sie benachrichtigt. Aber sie nahmen anscheinend nur zur Kenntnis, was sich ereignet hatte und fuhren wieder ab. Um über Gogos Verbleib auf Edenhall oder seinen Verweis aus der Schule einen gültigen Spruch zu fällen, war Vollzähligkeit nötig. Es hieß, einer der Schulräte sei krank und einer sei bis morgen verreist.

Und wo blieb Sir Ernest, der Friedensrichter, Wimpys großer Freund?

„Wenn sich die Beratung hinzieht, kriegen wir womöglich tagelang nichts Warmes zu essen!" meinte Morris düster. „Wer hat nun eigentlich Arrest – der Ausreißer Gogo oder *wir* . . .?"

Die Frage war nur allzu berechtigt. Der Entzug warmer Mahlzeiten sollte – getreu den Anschauungen jener Zeit – den „Übermut der Schüler" während der Sitzungen des Schulgerichts dämpfen. Er sollte sie in „ernster, angemessener Stimmung" halten. (Übrigens sehr zum Vorteil des Direktors, denn selbst die Schulräte pflegten nicht nach dem eingesparten Geld zu forschen. Da hätte erst ein Junge verhungern müssen.)

„Abwarten!" mahnte Bones. „Wir kriegen ja Tee und genügend Brot. „Wenn wir meutern, nutzt es weder uns, noch schadet es Gogo!"

Die Schüler arbeiteten nachmittags wieder in den Gärten, Stallungen, im Park, bei den Fischteichen oder im Wirtschaftsteil von Edenhall.

Wimpy gehörte zu denen, die Brot aus dem Backhaus in die Küche schleppten. Dort traf er Isabell.

„Meine Großmutter hat mit Frau Bimbs gesprochen", wisperte sie. „Gogo war wirklich unter Piraten. Sie stammt von der Küste, und da kennt sie sich aus!"

Trotz der unsicheren Zeiten, so erfuhr Wimpy, segelten die kleinen Piratenboote noch immer zwischen dem europäischen Festland und den Britischen Inseln hin und her. Aber sie schmuggelten nicht nur feine Seide aus Lyon und begehrte Brüsseler Spitzen. Es hatte sich auch ein blühender Schmuggel mit Werkzeugen wie Schrauben, Zangen, Hämmer und Sägen und mit Lebensmitteln, vor allem mit Getreide, entwickelt. Denn die Regierung hatte diese Waren mit unsinnig hohen Steuern belegt, so daß für die Küstenpiraten daraus ein lohnendes Geschäft wurde, und sie dabei sogar noch ein gutes Werk taten.

„Das sagt meine Großmutter!" erklärte Isabell.

Die Küstenpiraten galten beim Volk als Helden.

Doch Wimpy konnte sich nicht vorstellen, daß Gogo Schiffe geentert, Kapitäne überwältigt und arme Leute mit Beutegut beglückt hatte. Allenfalls mochte er in dunklen Nächten beim Umladen und Umfüllen von Schmugglerware geholfen haben. Vielleicht hatte er auch nur Botschaften entziffert, Listen abgehakt oder auf Felsen Schmiere gestanden. Sonst hätten die Behörden ihn wohl kaum zurück nach Edenhall gebracht.

Wimpy schleppte weiter Brote vom Backhaus in die Küche Wieder näherte sich Isabell. Diesmal sehr aufgeregt: „Sofort zum Prinzipal! Man sucht dich! Der Friedensrichter ist da! Du sollst so kommen, wie du bist!"

Wimpy versuchte das Mehl abzuklopfen, so gut es ging, schüttelte die ebenfalls mehlbestäubten Locken und rannte zum Hauptgebäude hinüber.

Bones stand schon im Flur. Er trug noch die Gärtnerschürze.

„Is 'n Ding, was?" grinste er Wimpy entgegen. „Jetzt lassen sie einem nicht mal Zeit, sich fein zu machen."

„Weshalb ruft man gerade *uns*?" fragte Wimpy.

„Na, das ist klar: Ich bin der erste Schulsprecher – und *du* bist mit Abstand der beste Schüler!" Er rieb sich lange die spitze Nase: „Ich nehm aber nicht an, daß man uns loben wird."

Eine Tür flog auf. Der Friedensrichter erschien: „Bones? Wimpy? Rein mit euch!"

Der kahle Raum war das Musikzimmer von Edenhall. Es enthielt nichts als ein brüchiges Piano, mehrere Sitzbänke, Stühle und ein Pult, das grob und kunstlos getischlert war. Hinter diesem Pult stand starr und unbeweglich der Prinzipal von Edenhall. Um so nachlässiger wirkte der dicke Mann in schlechtsitzender Marineuniform, der mit ausgestreckten

Beinen auf einem Stuhl flegelte.

Wimpys Augen verengten sich: Das war doch Kapitän Barrabas Litten. Dieser Mann hatte den Weg des Jungen schon einmal gekreuzt. Wimpy verabscheute ihn von ganzem Herzen.

„Ich will die Meinung der Schüler über Gogo hören", sagte der Friedensrichter stark. „Und daran wird mich niemand hindern können!"

Sir Ernest ließ die Reitpeitsche durch die Luft pfeifen. Der lebenslustige, junge Mann war heute alles andere als fröhlich. Er schien entschlossen, das ganze Gewicht seines Amtes in die Waagschale zu werfen. Aber das hatte der schlaue Direktor längst erkannt.

So mahnte er mit knarrender Stimme: „Sie sind hier nicht als Friedensrichter, sondern als Mitglied der Schulkommission!"

„Neuerdings Vorsitzender des Rates, ja!" rief Sir Ernest. „Hätt ich gewußt, daß da nachts eine zweifelhafte Fuhre anrollt, so hätte ich sie anhalten lassen – bevor das Tor von Edenhall hinter ihr zugefallen wäre! Im Rahmen *meiner* Gerichtsbarkeit hätte ich die Herausgabe des jungen Strolchs gefordert! Ich hätte ihn an das zuständige Geschworenengericht geschickt!"

„Nun, das ist jetzt nicht mehr möglich", sagte Sir Archibald mit unterdrücktem Hohn.

Der Kapitän nickte grunzend und tupfte sich die Stirn mit einem nicht mehr weißen Tuch.

Kalt fuhr der Schuldirektor fort: „Hier sind die Übergabe-Protokolle!" Mit knöcherner Hand klopfte er auf das Pult. „Und hier ist der Beschluß mit den Unterschriften aller Lehrer: Da der Schüler zum Schmuggeln gezwungen worden ist . . ."

„Gezwungen! Gezwungen, Sir Archibald!" fuhr ihm der Friedensrichter dröhnend ins Wort. „Gehn Sie mir mit diesem Quatsch! Wer aus Edenhall ausgerückt ist, läßt sich auch von

Schmugglern zu nichts zwingen! Das Ganze ist eine Verschwörung hoher Herren, die das Bürschchen einer gerechten Strafe entziehen wollten! Wer sich über ein Jahr herumgetrieben hat, ist kein Schüler dieser Anstalt mehr!"

Sir Ernest brachte so ziemlich alles vor, was man nur vorbringen konnte. Doch der Direktor wiederholte völlig ungerührt: „Der Beschluß, Gordon Gort als entgleisten Schüler zu betrachten, der unter keine andere Gewalt als die der Schule gehört, wurde einstimmig gefällt. Einstimmig im Lehrerkollegium — und in voller Übereinstimmung mit den Behörden!"

„Welche Behörde vertreten *Sie* eigentlich, lieber Kapitän Barrabas Litten?" fragte der junge Richter scharf.

„Ich bin hier nichts als eine ordnende Hand", hüstelte der Dicke. „Gorts Vater und der Großvater von diesem ... diesem Wimpy sind Freunde. Beide haben das Ohr des Königs ..."

„Halt!" rief der Friedensrichter. „Sie werden nicht wagen, zu behaupten, daß Seine Majestät in Rechtsdinge eingreift!"

Der dicke Kapitän sprang auf.

„Herr ...!" schnaufte er. „Herr ...! Ich muß doch bitten, Ihre Worte zu wägen. Besonders vor den Schülern!"

„Nun, nun, nun ...", beschwichtige Sir Archibald.

Der Kapitän setzte sich wieder, und der Direktor leierte weiter: „Es gibt keinen Grund zur Aufregung, Sir Ernest. Sie können nichts rückgängig machen. Beschluß ist Beschluß. Gordon Gort ist ein Schüler. Und was wollen Sie denn noch? Er kommt ja vor ein Gericht! Vor das große Schulgericht von Edenhall!"

„Das einstimmig urteilt, den reuevollen Schüler wieder aufzunehmen", rief der Friedensrichter. „Eine Schulstrafe, einen Bewährungshelfer zur Seite, und dann ist alles in Ordnung, wie?" Er wandte sich an Bones: „Ist einer unter euch, der glaubt, daß ein Bursche wie Gogo es wert ist, unter anständigen Jungen zu sein? Bones, was meinst du? *War* er das denn jemals wert?"

„Ich fürchte, Sir", sagte Bones unerschrocken, „die Frage muß ich mit ‚nein' beantworten. Da sind sich alle Schüler einig. Selbst seine früheren Freunde wollen nichts mehr von ihm wissen."

„So! Und was sagst *du,* Wimpy?"

Wimpy erwiderte klar und überlegt: „Wir würden Gogo Glück wünschen, Sir. Glück, wenn er von England weg auf eine ferne Insel müßte. In einer Schule kommt er nicht zurecht. Deshalb ist er ja auch ausgerückt."

„Das wollte ich hören!" nickte der Friedensrichter. „Und tun Sie nur nicht so, als ob Sie nicht auch so dächten, Sir Archibald."

„Die Meinung der Schüler wirft unseren Beschluß nicht um", sagte der Direktor ungerührt. „Nur das große Schulgericht hat zu entscheiden, ob Gordon Gort auf Edenhall bleiben darf oder nicht."

„So!" rief der junge Friedensrichter triumphierend. „Sie vergessen wieder, daß ich den Vorsitz unter den Schulräten führe! Sie und Ihre Lehrer mögen zehnmal für Gogo stimmen. Einige Räte meinetwegen auch! Aber hier haben wir einen schweren Fall! Unerlaubte Entfernung aus dem Internat, Aufenthalt unter Küstenräubern während vieler Monate! Um einen endgültigen Rausschmiß zu verhindern, brauchen Sie Einstimmigkeit! Die erzielen Sie nie!"

Jetzt lächelte der Direktor. Er sah aus wie ein Krokodil, das einen zappelnden Nichtschwimmer erspäht: „Sie kennen die Regeln, Sir Ernest? Danach darf ein eingefangener Ausreißer auf der Schule bleiben, wenn auch nur ein einziger Mitschüler für ihn bürgt!"

Der Friedensrichter lächelte gleichfalls. Und er lächelte seinerseits wie ein Jäger, dem ein besonders plumpes Krokodil vor die Mündung seiner Büchse gekommen ist: „Unter den Schülern finden Sie bestimmt keinen, der sich für Gogo einsetzt! Ob ich die Regeln kenne! Sie vergessen, daß ich selber sie aufgestellt habe! Wer für einen Ausreißer bürgt, muß zehn Gründe dafür nennen! *Zehn gute* Gründe, Sir Archibald!"

Bones stieß Wimpy sachte an. Auch Wimpy hatte Mühe, ernst zu bleiben. *Zehn gute* Gründe, um Gogo wieder aufzunehmen? Es gab keinen einzigen Grund — geschweige denn einen *guten!*

Damit war Gogo schon "geflogen".

Eine Meuterei wird verhindert

Die "zehn guten Gründe" munterten die ganze Schülerschaft auf.

Tobias Stoff und Ody brüllten vor Lachen.

"Zehn Gründe *für* Gogo?" japste Morris. "Ich wüßte tausend *gegen* ihn!"

Abends im Waschhaus hallte es wie Pferdewiehern von den Wänden: "Wer *einen* guten Grund findet, kriegt meine erste warme Mahlzeit!"

"Vielleicht schmuggeln ihm die Piraten 'n paar gute Gründe ein!"

Morris rief unter Hohngeschrei: *"Ich* bürge für Gogo. Warum? Er hat das größte Maul, frißt am meisten und verkloppt drei kleinere Schüler auf einmal. Er ist uns allen über. An Gemeinheit bestimmt! Niemand kann so faul in der Hängematte schaukeln, während andere seine Sachen bürsten. Und Mr. Bimbs ist sein Freund. Alles *das* ist 'n ausreichender Grund!"

"Kinder!" schrie Tobias. "Wir bürgen alle für ihn! Alle Mann! So 'n Prachtexemplar darf man nicht einfach laufenlassen! Nie! Das teure Seelchen wollen wir behalten!"

In den Schlafräumen spotteten sie weiter. Sie priesen Vorzüge, die Gogo ganz und gar nicht hatte.

„Er hat ein Gefühl fürs Erhaaabene und Schööone...", zitierte Ody vom Tisch herab. „Versunken im Anblick des gestirnten Himmels käme er nie auf die Idee, dir in den Hintern zu treten..."

„Essen holen!" unterbrach ihn eine raunzende Stimme.

Herr Frog hatte hereingeschaut, war aber gleich wieder verschwunden.

„Was ist denn nun los?" Tobias starrte Bones und Wimpy an. „War das geplant? Hat der Friedensrichter eingegriffen?"

„Es gibt warme Suppe!" meldete Arthur Cripps aufgeregt. „Wir sollen zehn Kübel mit dem Küchenwagen herholen!"

Die Essenszeit war längst vorbei, und ihr Brot hatten die Schüler schon erhalten. Bones zuckte die Achseln. Er bestimmte eine Gruppe zum Herbeibringen der angekündigten Mahlzeit samt Näpfen und Löffeln. Alle wurden nur noch lustiger.

„Das verdanken wir Gordon Gort!" krähte einer.

„Tatsächlich! Suppe! Zumindest was Warmes", meinte Ody schlürfend.

„Und es schmeckt... nach Salz!" murmelte Tobias Stoff.

„Da ist der Alte aber schnell in sich gegangen", rief Morris. „Aber, na, das Suppengrün haben wir gestern schon geputzt. Da war von Essensentzug noch keine Rede!"

„Wenn *wir* die Pampe nicht gekriegt hätten, hätte man sie den Schweinen vorgeschüttet", sagte Bones. Doch er löffelte gierig. Plötzlich stutzte er. „Was ist denn mit dir los, Wimpy? Du rührst ja nichts an! Du guckst ja, als wär die Suppe vergiftet!"

„Das ist sie auch!" erwiderte Wimpy ruhig. „Man hat sie uns jedenfalls nicht gegeben, damit wir satt werden!"

Bones machte große Augen: „Du meinst... Das bißchen Suppe soll uns umstimmen? Für... für Gogo...?"

Tobias warf den Löffel in den Napf: „Klar! Mit dem Essen

haben sie uns am Zügel! Sie können mit uns Schaukelpferd spielen: Kriegen wir was, kippen wir vor Freude hintenüber. Kriegen wir nichts, hängt uns der Kopf nach unten. Wipp – wipp. So lange, bis es uns reicht. Wann tagt denn nun eigentlich das große Schulgericht?"

„Vermutlich erst, wenn ein Bürge mit den verdammten zehn guten Gründen da ist", sagte Bones. Ihm war das Lachen vergangen. „Aber den wird der Alte nie finden."

„Und wenn unsere lieben Mitschüler begreifen, daß sie dann ewig mit dem Essen an der Nase rumgeführt werden?" gab Ody stirnrunzelnd zu bedenken. „Dann werden doch einige weich!"

„Trotzdem!" Bones stand auf. „Da können zwanzig Schüler kommen und sich wegen des Essens als Bürgen anbieten! Finde *du* erst mal zehn gute Gründe! Ach, nur einen einzigen, den du so vorbringen kannst wie ein Rechtsanwalt! Der Doktor, der Apotheker, der Richter – die von der Schulkommission, die sind doch nicht alle doof! Und für Gogo zu bürgen, nur weil er 'ne enorme Schuhgröße hat ... Nee, nee, so was fressen selbst die bestochenen Lehrer nicht. An diesem Punkt scheitert alles. Es ist, wie Sir Ernest gesagt hat. Der Prinzipal kann sich kopfstellen. Ein Bürge für Gogo muß erst geboren werden."

Doch der Friedensrichter hatte die Schlauheit des Prinzipals unterschätzt. Am folgenden Tage wurde Wimpy aus der Klasse heraus zu Sir Archibald Briggs gerufen.

Wieder empfing ihn der Direktor im Musikraum. Und wieder saß der schmierige, dicke Kapitän mit ausgestreckten Beinen auf einem Stuhl.

„Wie du weißt, Schüler Thomas Hard, genannt Wimpy", begann Sir Archibald, „hat mir dein Großvater, Seine Herrlichkeit Lord Wimper auf Wimpermoor ... und so weiter, und so weiter ... die Vaterstelle an dir übertragen."

Der dicke Kapitän räusperte sich. Die katzenhaft schimmernden Augen des Jungen gefielen ihm nicht.

„Als ... hm ... Vater", hüstelte Sir Archibald, „kommt es mir zu, dir eine väterliche Bitte zu unterbreiten ..."

Schweigend starrte Wimpy den verkrachten Pferdezüchter an. Den Mann, der davon lebte, daß einige Eltern mit ihren Söhnen nichts anzufangen wußten — oder daß Erziehungsberechtigte sich mit ihren Pflegebefohlenen nicht die geringste Mühe machen wollten. Was verstand denn der von Vaterstelle — außer, daß Geld für ihn damit verbunden war?

„Es wäre mir lieb, wenn du für Gordon bürgen würdest", sagte der Direktor unverblümt.

Eine Weile hörte man nichts, als das schwere Atmen des dicken Kapitäns.

„Ich ... für Gogo bürgen!" stieß Wimpy hervor. „Ja! Das hab ich beinahe geahnt!"

Sir Archibald überhörte den Tonfall. „Um so besser", meinte er leichthin. „Du bist der klügste Junge der Schule. Es werden dir also ohne weiteres zehn gute Gründe einfallen."

„Zum Beispiel der, daß Gogo meinen Hund genauso getötet hätte, wie es Mr. Bimbs getan hat", sagte Wimpy. Er fügte hinzu: *„Absichtlich,* meine ich. Oder, daß Gogo als Schulsprecher erfinderisch im Bestrafen war. Wenn ihn einer auslachte, mußte er so lange auf einem Bein stehen, bis er umfiel."

„Harmlose Kindereien", mischte sich der dicke Kapitän ein. „Wie du gestern schon gehört hast, sind Gordons Vater und dein Großvater Freunde. Ich denke, es wäre deinem Großvater peinlich, wenn du für den Sohn seines Freundes nicht einstehen würdest."

„Denken Sie?" fragte Wimpy. „Würden Sie für einen Schuft bürgen, der schon morgen wieder andere Schüler quälen könnte?"

„Dieser Junge", bemerkte Sir Archibald eisig, „der nach dem erlauchten Namen seines Großvaters ‚Wimpy' genannt wird, ist sehr verweichlicht. Er ist auch vorlaut und respektlos, ohne die Folgen abzuwägen. Wenn Seiner Lordschaft das zu Ohren käme, würde er ihn in ein Bergwerk stecken. Oder in eine Streichholzfabrik. Oder in eine Fabrik für Stiefelwichse."

Er blickte Wimpy an, als stecke dieser schon jetzt bis zum Hals in der 16-Stunden-Arbeit in einer Fabrik."

Daß es eine ernste Drohung war — daran zweifelte der Junge nicht. Er wußte, daß es in diesem freien Land auch sehr viele Arten von Kinderarbeit gab, die schrecklicher waren als manche Strafen. Er begriff auch: Sir Archibald und der Kapitän würden ihn immer stärker unter Druck setzen. So lange, bis er keine Möglichkeit mehr sah, einigermaßen würdig aus der Sache herauszukommen.

Wimpy trat ans Fenster, verschränkte die Arme auf dem Rücken und blickte nachdenklich hinaus. Zu jener Zeit durfte ein Untergebener seinem Vorgesetzten niemals die „Kehrseite" zuwenden, ohne schwer bestraft zu werden.

„Der Junge besinnt sich. Er besinnt sich nur auf seine Pflicht, Mr. Litten!" tröstete der Direktor den dicken Kapitän mit bebender Stimme.

Wimpy drehte sich um und sah die beiden unergründlich an.

„Ich werde für Gogo bürgen", sagte er fest. „Aber ich stelle meine Bedingungen!"

„Bedingungen?" heulte der Kapitän auf. „Was wagst du denn, du dreckige, kleine Laus?!"

Sir Archibalds Mundwinkel zitterten. Doch er sah auch, was für ihn auf dem Spiel stand. Die Hauptsache war die Bürgschaft für Gordon Gort, dessen Vater ihm eine hübsche Summe versprochen hatte.

„Wimpy ist nicht unverschämt!" behauptete er rasch. „Sie mißverstehen das, Herr Kapitän. Ich denke, er will sich absichern. Das muß er, denn da gibt es wahrscheinlich Probleme..."

„Die möcht ich hören!" schnaufte Kapitän Barrabas Litten.

*„Du dreckige kleine Laus, du wagst es Bedingungen
zu stellen?" heulte der wütende Kapitän*

„Ich weiß nicht, ob Sie je auf einem Schiff gewesen sind, wie mein Vater", sagte Wimpy. „Es soll ja auch Büro-Kapitäne geben."
„Ich . . .", begann Mr. Litten.
Doch ein Blick des Jungen, dessen keckes Gesicht jetzt gebieterisch wirkte, schnitt ihm das Wort ab.
„Wenn Sie je auf einem Schiff gewesen sind, müssen Sie wissen, was eine Meuterei ist. Ich kann Ihnen die auf Seiner Majestät Schiff ‚Anne' nennen. Oder die auf der ‚Bounty'."
„Du willst doch nicht etwa meutern? Oder eine Meuterei anzetteln?" höhnte der Kapitän.
„Ich will eine Meuterei verhindern!" sagte Wimpy ruhig. „Denn wenn ich hier rauskomme und den Schülern sagen muß, ich hab sie verraten, dann gibt es eine Meuterei. Die könnten Sie nicht aufhalten. Und Edenhall wäre noch heute ruiniert."
Sir Archibald überhörte das „noch heute". Er war so ver-

blüfft, daß er sich setzen mußte. „Also? Deine Bedingung?" fragte er heiser.

„Ein Gartenfest für alle Schüler! Lassen Sie Schweine schlachten, Obst besorgen, Fruchtgelee, Käse, Backwerk! Bones wird die Kapelle zusammenstellen. Mr. Tube gibt Lampions heraus. Es muß ein *großes* Fest werden. Und morgen ist Sport. Und kein Essensentzug mehr!"

Der Direktor stand auf. Er holte tief Atem. „Du bist schlau!" sagte er. „Du bist noch viel, viel schlauer als ich dachte. Du meinst, daß alles verhindert eine Meuterei?! Und du gibst mir dein Wort, daß du für Gordon bürgen wirst?"

„Mein Wort, wenn es vorher niemand erfährt!"

„Und was sagen wir, weshalb so plötzlich ein Fest stattfinden soll?" forschte Sir Archibald.

„Ganz einfach! Zu Ehren meines Vaters!" erwiderte Wimpy kalt. „Kapitän Barrabas Litten hat es veranlaßt. Er weiß, wie berühmt mein Vater war."

Der dicke Kapitän schien platzen zu wollen.

Sir Archibald nagte heftig an seiner Unterlippe. „Gut", sagte er schließlich. „Das Wichtigste ist uns dein Wort. Ein Gartenfest, hm! Das sollt ihr haben. Und ich kann sicher sein, du bürgst für Gordon!"

Wimpy verneigte sich. Schweigend ging er hinaus.

Ja, die beiden Männer hatten sein Wort. Doch sie hatten ihn in die Zange genommen, ihm gedroht, ihn lächerlich gemacht. Der dicke Kapitän hatte ihn eine dreckige kleine Laus genannt.

Den schlimmsten Fehler hatte jedoch Sir Archibald begangen. Er hatte vergessen, daß Wimpy unbestechlich war. Der Alte war im Begriff, in eine böse Falle zu laufen.

Die Henkersmahlzeit

Die Ankündigung des großen Gartenfestes versetzte die Schüler nach anfänglicher Verblüffung, in einen wahren Freudentaumel. Hungrige Leute überlegen nicht lange. Daß Wimpys Vater ein berühmter Kapitän gewesen war, wußten alle. Warum sollte dem Sohn und den Mitschülern kein Fest gegeben werden – vom Besucher Sir Archibalds, jenem dicken Mann aus dem Admiralstab Seiner Majestät?

Gogo war vergessen.

Die Hoffnung auf saftige Bratenstücke, süße Getränke, Backwerk, Zuckerfrüchte und andere ungeahnte Köstlichkeiten verdrängte jeden klaren Gedanken. Ein Fest mußte gefeiert werden, und gerade, wenn es so überraschend kam wie dieses.

Schwatzend und lachend schleppten die Schüler Tische und Bänke ins Freie. Bones fahndete nach Musikern. Herr Tube rammte Eisenstäbe für die Lampions in den Boden. Im Backhaus und im Küchenhaus hörte man Klappern und Klirren und eifriges Geschrei. Die Schornsteine rauchten. Der Küchenwagen sauste zum Tor hinaus nach Eden-Thorpe.

„Ich weiß nicht!" Ody stellte einen Stuhl auf dem Rasen ab. „Ich denk die ganze Zeit, ich bin verrückt!"

Tobias lutschte an seinem Zeigefinger, denn er hatte sich verletzt. „He?" brummte er.

„Na, der Trubel! Eben haben wir noch Trübsal geblasen."

Bones näherte sich schweigend: „Ich brauch noch ein paar Leute für den Chor!"

„Trauerchor?" rief Ody.

„Quatsch. Für'n Spottlied auf die Lehrer. Was fragst du so blöd?"

„Bones", sagte Ody, „du bist Schulsprecher, aber ich wollte, du hättest wenigstens Stroh im Kopf. Stroh kann man erleuchten, indem man's anzündet!"

„Na, dann tu's doch!" grinste Bones, nicht im mindesten beleidigt.

„Ich weiß, daß Wimpys Vater von dem dicken Büro-Kapitän nicht sehr geliebt worden ist. Du kannst Tube fragen. Der Kapitän ist wegen Gogo hier. Und jetzt gibt er uns ein großes Fest?"

Bones zögerte. „Ich hab mir auch meinen Teil gedacht. Aber man wird doch kein Fest veranstalten, damit wir Gogo im Triumphzug aus dem Arrest holen. Womöglich noch auf den Schultern, wie? Nein, nein. Vielleicht hat der Kapitän ein schlechtes Gewissen! Gott verdammich, wie er Wimpy gestern angeschielt hat!"

„Und *heute?*" fragte Tobias bedächtig.

„Da war ich nicht mit", murmelte Bones unsicher. „Und Wimpy hat ziemlich munter ausgesehen, als er zurückkam!"

„Munter", spottete Ody. „Heiter! Sein Gesicht hat geglänzt wie'n Stück Eis!"

„Wie auch immer!" versuchte Bones auszuweichen. „Ich bin Schulsprecher. Das Fest ist befohlen, und die ausgehungerte Bande kann's gebrauchen. Der Schweinebraten ist wenigstens echt!"

Da sagte Ody: „Aber es riecht so nach Henkersmahlzeit, findest du nicht?"

„Für wen? Für Gogo?"

„Ich weiß nicht", erwiderte Ody langsam.

Das Fest war in vollem Gange. Schüler und Lehrer saßen schmatzend an den Tischen auf dem großen Rasen. Platte auf Platte wurde von der Küche herbeigeschleppt. Die kleine Isabell hatte ihr schönstes Kleid an (sie besaß nur eines, das zugleich das schönste war). Sie half eifrig mit. Der Direktor war kurz in Begleitung des dicken Kapitäns erschienen. Er hatte seinen Stock geschwenkt und eine gute Mahlzeit gewünscht. Aber das hatte geklungen wie: „Na, dann erstickt mal schön!"

Die Lampions wurden eben angezündet, da tauchte überraschend der Friedensrichter auf. Er ritt um die Versammlung herum zum Stall.

Dort schwang er sich von seinem Schimmel.

„He! Tube!" rief er gedämpft. „Der Prinzipal sagte mir was von einem Festessen. Aber solche Mengen? Haben denn alle Schüler auf einen Schlag Geburtstag? Und die Lehrer auch?"

„Nee", sagte der alte Seemann pfiffig. „Wissen Sie, Euer Gnaden, ich muß an die Flotte denken. Wenn geizige Kommandanten reichliches Essen ausgeben, und gutes dazu, steht was bevor. Es heißt, der dicke Büro-Kapitän will Wimpys Vater ehren!"

„Daß ich nicht lache!" sagte der junge Richter. Dann befahl er: „Holen Sie Wimpy her!"

Wimpy näherte sich ohne eine Spur von Befangenheit.

„Das Fest ist ja ziemlich überraschend gekommen", begann Sir Ernest scharf.

„Ja, Sir!"

„Auch für dich? Kam es auch für dich überraschend? Weil es dich am meisten betrifft. Zu Ehren deines Vaters!"

„Ich erfuhr als erster davon", sagte Wimpy verbindlich.

„Vom Prinzipal?"

„Ja."

„Er ließ dich rufen?"

„Ja!"

„So, dann ist mir alles klar!" rief Sir Ernest wütend. „Er hat ein Festessen für die Schüler angeboten, um euch alle zu beeinflussen!"

„Nein, das hat er nicht getan! *Der Direktor* hat kein Festessen angeboten, um die Schüler zu beeinflussen", lächelte Wimpy.

„Fragen Sie die Schüler. Ja! Sie können alle fragen! Jeder wird es beschwören!"

„Wimpy!" sagte der Richter gedehnt. Er rieb sich das Kinn und sah den Jungen lange an. Es war noch hell genug, um dessen katzenhaft klaren, unergründlichen Blick zu erkennen. „Ich weiß nicht, was ich davon halten soll. Hast du irgendwas gedeichselt?"

Ruhig erwiderte Wimpy: „Und wenn?! Sie sind mein Freund, Sir Ernest. Aber Sie haben mir nie helfen können. Und Sie können es jetzt erst recht nicht mehr!"

„Also ist etwas im Gange!" sagte der junge Herr beunruhigt. Wimpys Worte hatten ihn schwer getroffen. Doch er zeigte es nicht. Er wußte selber, daß ihm sein Gestüt im allgemeinen mehr am Herzen lag als diese Schule. Und das Versäumte war nicht wieder aufzuholen.

„Egal!" sagte er. „Morgen tagt das Schulgericht. Das habe ich dem Prinzipal gerade mitgeteilt. Die Kommission ist vollzählig. Ich will reinen Tisch mit der Sache machen." Er schwang sich in den Sattel: „Und wenn der Festschmaus einen Bürgen hervorbringen sollte ... haha ... dann müssen mich seine Gründe überzeugen."

„Gleich der erste Grund wird Sie überzeugen!" sagte Wimpy mitleidig.

Sir Ernest stutzte, als hätte er einen Schlag aufs Ohr gekriegt. Dann gab er seinem Pferd die Sporen.

Enthüllungen vor dem Schulgericht

Am folgenden Tag mußten die Sportstunden ausfallen. Es regnete. Zudem war beim Wecken bereits bekanntgegeben worden:

„Um elf Uhr tritt das Schulgericht zusammen."

Unter der bewährten Edenhaller Schüler-Selbstaufsicht beschäftigten sich die Jungen mit dem Ausbessern ihrer Anzüge, mit Basteln, Zeichnen oder mit Brettspielen. Manche blickten sogar in ihre Bücher. Niemand fand verdächtig, daß Wimpy zur Verhandlung gerufen wurde. Denn vorher hatte man Bones und Tobias Stoff beordert.

„Ach, die wollten nur wissen, wer Gogo bei der Flucht geholfen hat", berichtete Bones. „Sollte ich sagen, das war der Menschenfresser Bimbs?"

„Wimpy hat ihn im Bogenschießen besiegt. Und, überhaupt: Gogos Ansehen war damals total futsch", sagte Tobias. „Aber, haha, er redet sich jetzt auf was anderes raus: Er wär ausgekniffen, um was Nützliches zu tun!"

„Bei den Schmugglern?" grinste Morris.

Um Viertel vor zwölf kam Herr Frog, um Wimpy zu holen. Er trug einen gewaltigen Regenschirm. Wimpy sah die nassen Wagen der Schulräte, die Kutscher mit ihren Umhängen, die triefenden Pferde.

Das Schulgericht tagte in der Bibliothek, dem schönsten und größten Raum des alten Hauses. Hier saßen die Lehrer und die Männer der Schulkommission aus Eden-Thorpe und aus der Umgebung. Vorn thronte steif der Direktor mit seinem Schreiber.

Mit erhobenem Kopf ging Wimpy durch die Reihen. Eben war ein heftiger Wortwechsel zwischen Sir Archibald und Sir Ernest im Gange.

„Sie sind hier nicht als Friedensrichter, sondern als Mitglied der Kommission!" rief der Alte. „Der Vorsitzende in dieser Schule bin *ich!*"

„Sicher! Aber ich beantrage, diese Spiegelfechterei hier zu beenden!" erwiderte der junge Herr laut. „Übergeben Sie das Bürschchen Gogo seinem Vater! Was ist dabei, wenn er kein Zeugnis kriegt? Dann geht er eben dorthin, wo der Pfeffer wächst. Oder meinetwegen als Fallensteller nach Amerika!"

Der Arzt, der Apotheker, ein Baumeister, ein Gutsbesitzer, der alte Privatgelehrte – und all die anderen – hörten mit steinernen Gesichtern zu. Die Hauptlehrer, Assistenten und Kandidaten hockten da in ihren schwarzen Talaren wie schwarze Schafe.

An der Wand, neben dem Riesen Bimbs, stand Gogo. Er wirkte wie ein Sohn des Menschenfressers, der ihn zu bewachen hatte. Er mußte schon fast fünfzehn sein, doch er sah älter aus. Seine hohe, breite, aufgequollene Gestalt mit dem fetten Gesicht verriet nichts Jungenhaftes mehr. Sein Haar war nach der Gefangennahme geschoren worden. Auf der Stirn und an Wange und Kinn trug er Pflaster – die Zöllner mochten ihn nicht eben sanft behandelt haben.

„... also gut, Sir Archibald!" beendete der Friedensrichter zornig seine Rede. „Dann bringen Sie uns einen Bürgen und Bewährungshelfer, der uns seine guten Gründe dafür nennt."

„Hier ist er!" sagte Wimpy.

Sir Ernest riß den Kopf herum. „Ach!" rief er. „Ach! Jetzt verstehe ich ..." Er faßte sich schnell und beugte sich lächelnd vor. „Willst du dich etwa mit mir messen?"

„Ja!" erwiderte Wimpy. „Ich messe mich gern mit klugen Leuten."

Die ganze Schulkommission lachte schallend.

Der Direktor blickte beunruhigt. Er schlug mit einem geschnitzten Hämmerchen mehrmals auf seinen Tisch: „Zur Debatte steht der Verbleib Gordon Gorts auf Edenhall. Der bürgende Schüler ist hier. Er soll uns seine Gründe nennen!"

„*Zehn* Gründe, Wimpy. Zehn gute Gründe, die jeden von uns voll überzeugen müssen!" grinste der Friedensrichter.

„Euer Gnaden", sagte Wimpy in unheimlich verweisendem Ton. „Wozu *zehn* Gründe, wenn *einer* genügt? Wird ein Fisch dadurch besser, daß man ihn zehnmal kocht? Braucht ein Fuß zehn Schuhe und ein Kopf zehn Hüte?"

Dem jungen Richter schoß das Blut ins Gesicht. Und auf

einmal begriff er. Der Junge benutzte die Gelegenheit zu einer Anklage, einer unerbittlichen Anklage gegen alle Erwachsenen, die etwas mit dieser Schule zu tun hatten. Und Wimpy würde ihn, seinen Freund, dabei nicht verschonen.

„Die Regeln haben *Sie* aufgestellt, Sir Ernest", fuhr Wimpy furchtlos fort. „Und das war unbedacht, denn man könnte sie *gegen* jemanden kehren. Das beweise ich Ihnen jetzt!"

Auf den Bänken entstand Unruhe. Der Direktor versuchte den Jungen mit Blicken zu durchdringen: „Zur Sache! Zur Sache!" Wieder klopfte er mit dem Hammer.

Wimpy wartete geduldig, bis alles ganz, ganz still war. Dann sagte er klar und fest: „Ich bürge für den Ausreißer. Auch wenn ich Gordon Gort in diesem Fall nicht verstehen konnte. Ich würde für *jeden* Ausreißer bürgen, für jeden, der versucht, die Mauern von Edenhall hinter sich zu lassen. Denn ich selbst wollte von dieser Schule fliehen!"

Der Prinzipal saß wie aus Wachs gegossen.

Die Talare der Lehrer raschelten.

„He ...?" fragte Sir Ernest in die Stille hinein. Aber er fing sich so rasch wie vorher: „Du behauptest, du wolltest auch fliehen? Und das sei ein ausreichender Entlastungsgrund für Gogo? Du meinst, wenn du als bester Schüler solche Gedanken hegst, dann darf man einem Burschen wie Gogo nichts verübeln? Haha, Wimpy, das ist naiv! Wie willst du denn beweisen, daß du auskneifen wolltest? Na? Beweise es!"

„Gilt der Beweis eines Schülers auf Edenhall?" fragte Wimpy zurück. „Drei Schüler wurden nicht angehört, obwohl sie Augenzeugen waren, als Mr. Bimbs meinen Hund grundlos erschlug ..."

Weiter kam er nicht.

„Er lügt!" schrie Bimbs. Der Schreiber sprang entsetzt auf und fegte dabei die Akten vom Tisch.

„Der Junge ist wahnsinnig!" tönte es aus der Lehrerschaft. „Man hat ihm Schnaps gegeben!"

„Ruhe!" brüllte der Prinzipal mit schrecklicher Stimme. „Ruhe! Ruhe! Die Sitzung ist geschlossen . . .!"

Da protestierte der alte Gelehrte. „Halt! Nein, nein! Ich will hören, was Wimpy zu sagen hat."

Es dauerte lange, bis er sich durchgesetzt hatte.

„Es gibt einen Beweis dafür, daß ich fliehen wollte", erklärte der Junge. Er sprach so sicher, als seien die Erwachsenen samt und sonders hinausgerannt, und als sei er allein im Raum.

„Als Mr. Bimbs — der mich haßt, weil er ein Freund von Gogo war — mein Hündchen totgeschlagen hatte, sagte ich zu einem Mann: ‚Ich werde Edenhall vernichten.'"

Der folgende Tumult übertraf den ersten bei weitem.

„Mr. Frog!" donnerte der Prinzipal. „Nehmen Sie den Jungen fest. Er ist ein Verbrecher!" Er blickte nach oben, als fürchte er, die Decke müßte auf die Versammlung herabstürzen. „Das ganze ist ein Komplott! Mr. Frog! Mr. Frog!"

Wimpy sah sich nach Mr. Frog um. Er erwartete, abgeführt zu werden. Statt dessen kam der Gelehrte auf ihn zu und griff ihn beim Arm.

„Ein Verbrecher? Sie irren! Er ist nur ehrlich! Wir hören hier erstmals eine ehrliche Aussage!" Nur wenige verstanden, was der alte Herr rief. Doch sein wildes Fuchteln mit seinem Stock ließ allmählich Ruhe eintreten.

„Der Beweis für den Grund meiner Bürgschaft ist *der*", sagte Wimpy, „daß Sir Ernest mein Geständnis bestätigen kann."

Der Friedensrichter erhob sich. Er war sehr blaß: „Es stimmt, Herr Vorsitzender", erklärte er. „Wimpy hat es mir gesagt, als er von der Kirche heimritt. Ich habe keine weiteren Fragen mehr. Denn wer eine so ungeheuerliche Drohung ausspricht, daß er Edenhall vernichten will, dem ist die Flucht erst recht zuzutrauen." Bitter fügte er hinzu: „Ein ausreichender Grund, für Gogo einzutreten. Wahrhaftig!"

Er setzte sich hin und starrte auf seine glänzenden Stiefelspitzen.

Wimpy blickte aus katzenhaft klaren Augen auf den Prinzipal. Er hatte das ihm abgepreßte Wort gehalten. Er war als Bürge aufgetreten. Er hatte für den Ausreißer eine Entschuldigung gefunden. Nämlich, daß Edenhall eine so verlogene, mörderische Schule war, aus der man nur fliehen konnte. Der Friedensrichter gab sich geschlagen.

Aber welch zweifelhafter Sieg für Archibald Briggs! Für den Strolch Gogo bürgte einer mit einem Geständnis, das die Schule und die Machenschaften der Erzieher anklagte? War das gültig? Oder müßte er jetzt Gogo *doch* rausschmeißen — und den lästerlichen Wimpy dazu?!

Was für eine Blamage! Würde Edenhall sie überleben? Würde der saubere Herr Prinzipal mitsamt dem Menschenfresser nicht alsbald betteln gehen müssen?

Wenn Wimpy das bezweckt und erwartet hatte, so sah er sich furchtbar enttäuscht. Unverhofft kam dem Direktor Hilfe aus den Reihen der Schulkommission.

„Meine Bewunderung gilt diesem Schüler!" rief der Gelehrte mit Wärme. „Wimpys Selbstanklage ist zugleich das Bekenntnis eines guten Charakters! Hat er denn Feuer gelegt in Edenhall? Oder Unruhe gestiftet? Oder sonst etwas getan? Ist er geflohen? Nein! Er verzeiht! Er verzeiht Dinge, die ich jetzt nicht aufrühren will. Wer sich so hochherzig selber preisgibt, ist ein glaubwürdiger Bürge, glaubwürdiger als jeder andere! Ich beglückwünsche Gogo dazu, daß Wimpy für ihn eingetreten ist! Gogo soll nach Abbüßung einer Schulstrafe auf Edenhall verbleiben!"

Der Gelehrte war ehrlich überzeugt.

Doch es war ekelhaft, wie schnell Sir Archibald Briggs und die Lehrer das nachplapperten und die vorsätzliche Selbstopferung Wimpys verfälschten. Auf die Anklagen gegen die Erzieher ging niemand mehr ein.

„Ein mit sich selbst ringender Junge!" heuchelte der Prinzipal, kalten Haß in den Augen. „Und da Sir Ernest keine Frage mehr hat, setze ich Einstimmigkeit voraus. Die Bürgschaft gilt als erfüllt. Gordon Gort bleibt in Edenhall. Über seine Schulstrafe wird in einer Lehrerkonferenz verhandelt. Die Sitzung ist geschlossen."

Am selben Abend noch wurde Wimpy verhaftet.

Die Befreiung aus dem Kerker

Nach der Sitzung war Gogo nicht in der Unterkunft erschienen. Es hieß, er sei in Gewahrsam der Lehrer und dürfe nicht zu den Schülern.

Das tröstete die Jungen wenig, wenn sie es auch niederschmetternd fanden, daß man den Burschen überhaupt behalten hatte. Bones, Ody und Tobias machten sich Gedanken über Wimpys Schweigen.

„Den hat irgendwas umgehauen", vermutete Ody.

„Was wohl?" murrte Tobias. „Daß Gogo nicht gefeuert worden ist! Was denn sonst?"

„Mir gefällt Wimpys Blick nicht!" brummte Bones...

Erst am Nachmittag verließen der Friedensrichter und die Kommission das Internat. Auch der dicke Kapitän ritt fort, wahrscheinlich, um Gorts Anwälten die Entscheidung mitzuteilen. So oder so: Gogo war gerettet.

Abends, als kein Fremder mehr in Edenhall war, wurde Wimpy dann von Herrn Frog zum Arrest geholt.

„Wegen Respektlosigkeit vor dem Schulgericht", teilte Frog dem Sprecher Bones mit.

Wimpy ging dem Mann erhobenen Hauptes voran. Diese Gemeinheit hatte der Alte bestimmt mit den Lehrern allein ausgeheckt, denn von den Schulräten war ihm „Respektlosigkeit" nicht angekreidet worden. Im Gegenteil! Der

Gelehrte hatte Wimpy gelobt und gepriesen und ihn als Vorbild hingestellt!

Nun saß Wimpy hinter Bimbs' Garten und dem Hundezwinger in einer der düsteren Mauerkammern, die als Arrestzellen dienten. Ein Strohlager, eine Pferdedecke und ein Kübel – das war die ganze Einrichtung. Das hohe, vergitterte Fenster hatte kein Glas. Wimpy hörte die Hunde draußen hecheln. In Gegenwart von Herrn Frog hatte der Menschenfresser den Jungen eingeschlossen. Wortlos, mit gesenktem Blick. Und danach ließ er sich nicht mehr sehen.

Als es dunkel war, hörte Wimpy die Doggen knurren.

„He, Bimbs!" rief eine rauhe Stimme. „Nimm deine Viecher zurück und schließ die Zelle auf!"

Die Stimme gehörte Tube. Nach einer Weile schepperte es im Schloß, die Tür ging auf. Im tanzenden Licht einer Lampe waren der Stallmeister und Bones zu erkennen.

„Bones...!" Wimpy blinzelte dem Freund entgegen.

„Mensch, was hast du bloß gemacht!" sagte der lange Junge. „Ja, ja, ich weiß alles. Der Sekretär und die Wirtschafterin vom Alten halten niemals dicht. Und was die Küche erfährt, wird brühwarm an Mr. Tube weitergegeben." Er grinste: „Du wolltest sie alle hochfliegen lassen, wie? Du wolltest dir einen guten Abgang verschaffen?!"

„So ähnlich", gab Wimpy zu. „Bones, es hat nicht geklappt!"

„Wie man sieht!" feixte der Freund. Er wurde schnell ernst: „Aber Gogo wird dir deine komische Bürgschaft nicht danken. Er wird dich noch mehr hassen als vorher."

„Wenn er nur nicht wieder zu den anderen kommt", meinte Wimpy düster.

„Nee, so schlau ist der Direktor schon. Übrigens soll Sir Ernest gefordert haben: Einzelunterricht und einen *Lehrer* als Bewährungshelfer. Gogo schläft und ißt auch bei den Paukern. Und du? Was wird aus dir? Du wirst so lange sitzen, bis du deine Anklagen widerrufst! Besonders die mit Bimbs und deinem Hund!"

„Eher freß ich einen Wald voll Affen!"

„Hm. Der Direktor wird Mittel finden, dich zu zwingen. Mr. Tube reitet morgen früh zu Sir Ernest. Die Kommission muß noch mal her!"

„Ha, die!" schnaufte Wimpy verächtlich. „Die schielt mit sämtlichen Augen! Ich will sie nicht sehen, hörst du? Ich will sie nicht mehr sehen! Geh jetzt. Und grüß Ody und Tobias!" Er warf sich auf sein Strohlager...

Doch je weiter die Nacht voranschritt, desto auswegloser erschien ihm seine Lage. Allmählich hoffte er doch noch auf den Friedensrichter. Es war kalt und feucht, und draußen hechelten die Doggen...

Es war sehr früh am Morgen, als Menschenfresser Bimbs ihn aus dem Schlaf der Erschöpfung riß. Er gab dem Jungen ein paar kräftige Tritte.

„Dein Frühstück!" röhrte Bimbs und schüttete Wimpy den Napf mit der warmen Brühe ins Gesicht. Der Junge hörte ein dröhnendes Gelächter, während er sich die brennenden Augen wischte. Dann die Worte: „Das war der erste Teil. Ich komm nachher wieder!" Die Tür flog zu. Das Gelächter erstarb.

Er wird die Hundepeitsche mitbringen, dachte Wimpy.

Ihn fror. Er hatte Hunger, und die Hoffnung verließ ihn immer mehr.

Endlich schlief er doch noch mal ein. Er schlief wie betäubt...

Eine Fülle undeutbarer Geräusche weckte ihn. Aber ihm summten die Ohren. Er wußte nicht, was Traum und Wirklichkeit war.

Hatte er die Torglocke läuten hören? Das Rasseln von Rädern, Trappeln von Pferdehufen, Schreie – und sogar ein Trompetensignal?

Wimpy lauschte.

Ja. Stimmen hörte er! Aber das Bellen der Doggen übertönte alles. Er wartete eine ganze Weile. Die Hunde waren jetzt still.

Plötzlich rief jemand draußen: „Dort! Dort ist die Zelle!"

Die Gefängnistür begann unter mörderischen Schlägen zu erzittern. Axthiebe... Rammstöße... Schon brach das eisenbeschlagene Holz...

Wimpy zog sich an die Wand zurück.

Die rostigen Leisten barsten knirschend. Balkentrümmer und Bretter flogen zur Seite. Das Tageslicht drang herein – verdunkelt allerdings von Gestalten.

Soldaten!

„Lord Wimper?" ertönte eine barsche Frage.

„Hier ist Wimpy!" erwiderte der Junge.

„Wer? Kommen Sie sofort heraus!"

Wimpy taumelte ins Freie. Er sah sich umringt von Soldaten. Nicht einer seiner Freunde war da: weder Bones, noch Ody oder Tobias Stoff.

Auch spähte Wimpy vergeblich nach dem Menschenfresser Bimbs, Herrn Frog und dem Direktor. Er blickte in lauter fremde Gesichter.

Die Soldaten musterten ihn stumm. Ein wuchtiger Mann in grünem Reiseanzug sah ihn ungläubig an: „Das soll Wimper sein?"

„Auf Ehre!" antwortete jetzt die bekannte Stimme Tubes.

Ja, da stand wenigstens Tube, breit grinsend. In den Händen hielt er eine Axt: „Das ist Wimpy! Schuldlos eingesperrt!" rief er. „Sonst wär die Ratte Bimbs nich' weggerannt, als die Soldaten nach Wimpy gefragt haben!"

„Eine Kleiderbürste für Seine Lordschaft!" brüllte der wuchtige Mann einem Begleiter zu. „Aus meinem Wagen, schnell! Himmel, wie sieht Lord Wimper aus! Ich fürchte, er hat sogar Läuse!"

Während Herr Tube Wimpys Schuldlosigkeit weiter beteuerte und der fremde Herr zu den schlimmsten Vermu-

„Wo steckt Lord Wimper?" ertönte eine barsche Stimme

Großes Schneider-Buch-Preisrätsel!

400 Bücher zu gewinnen!

Lieber Schneider-Buch-Leser!

Schicke mir diese Karte mit der richtigen Lösung und du nimmst an der nächsten monatlichen Verlosung teil. 400 Schneider-Bücher werden jeden Monat verlost!

Es werden nur ausreichend frankierte Rätselkarten angenommen. Benachrichtigt werden nur die Gewinner. Der Rechtsweg ist ausgeschlossen. Die Beteiligung ist nicht an den Kauf eines Schneider-Buches gebunden. Du bekommst die Karten auch lose in deinem Buchgeschäft.

Viel Spaß und herzliche Grüße
Dein

Onkel Franz

FRANZ SCHNEIDER VERLAG

Postkarte

Onkel Franz
von den Schneider-Büchern

**Postfach
8000 München 46**

Postkarten-Porto

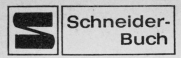

Preisrätsel

400 Bücher zu gewinnen!

✂ —————————
Hier abtrennen   275/Als Geschmacksmuster geschützt.

Name: _____

Straße: _____

Postleitzahl: _____ Ort: _____

Achtung:

Absender nicht vergessen! Nur mit Schreibmaschine oder mit Kugelschreiber in Blockbuchstaben ausfüllen!

Ich bin _____ Jahre alt.
Ich bin ☐ ein Junge
Ich bin ☐ ein Mädchen

Welcher Titel gehört zu dem hier abgebildeten Titelbild?

Den richtigen Titel bitte ankreuzen.

☐ Jo Pestum
Das Rätsel der Bananenfresser

☐ Jo Pestum
Der Spuk von Billerbeck

☐ Clifford B. Hicks
Florian und seine flinken Freunde

☐ Dagmar Andersen
Fünf auf einer Geisterinsel

tungen über „diesen Schweinestall von Schule" gelangte, wurde der Junge abgebürstet. Er konnte keinen klaren Gedanken fassen, zu groß war die Aufregung um ihn her.

Nun bemerkte er Isabell, die ihn anstarrte wie ein Fabeltier. Und Frau Potter, die Kleiderbewahrerin. „So ein Wunder!" rief Frau Potter. „So ein Glück!"

Hinter der Hecke von Bimbs' Garten schnaubten die Pferde. Ein Reiter kam über die Beete, ein junger Offizier in Blau und Gelb.

„Habt ihr ihn?" fragte er. „Wo ist er? Wo?" Er sprang vom Pferd und meldete Wimpy: „Leutnant Dickens mit der Abteilung Leibhusarenregiment Nr. 10 des Prinzen von Wales. Des Kronprinzen Aufgebot zum Ehrengeleit Euer Lordschaft nach Schloß Wimpermoor!"

Da wußte Wimpy, daß sein Großvater gestorben war. Der mächtige, alte Mann, den er niemals gesehen hatte, der seine Mutter verstoßen hatte, war tot. Und er, der schwankende, verschmutzte Junge, war jetzt Lord Wimper: ein Großer unter den Großen der Welt...

„Stützt ihn!" schrie der Herr im Reisedreß. Es war, erfuhr Wimpy wie durch eine Nebelwand, der Haushofmeister von Wimpermoor.

Und so fein er gekleidet war, so wenig fein war sein Gebrüll: „Ist das ein Misthaufen oder ein Internat? Leutnant! Wo steckt der Direktor? Beim Zeus! Dieses Rattennest!"

Er führte Wimpy zum Weg. „Lord Wimper muß sich umziehen! Das Geleit braucht ein paar Stunden Rast! Der Direktor soll uns Aufenthaltsräume geben! Wo steckt denn der Kerl?"

„Da war ein kleiner Irrtum", erklärte der Leutnant. Er bemühte sich, ein Grinsen zu verbergen: „Weil die Schüler übereinstimmend in den Klassen sagten, ein gewisser Wimpy sei eingesperrt, schuldlos eingesperrt, nahm ich den Direktor erst einmal fest, um die Sache zu klären. Er ist unter

Bewachung in seinem Büro!"

Das machte Wimpy wieder munter! Welch eine Freude mußte das für die Schüler sein!

„Nun, jetzt haben wir den Lord gefunden, und ich kann den Alten freilassen", rief der Leutnant. Er schwang sich in den Sattel.

Nicht so eilig! hätte Wimpy ihm am liebsten nachgerufen.

Mr. Patt, so hieß der Haushofmeister, bestand darauf, daß der Junge den kurzen Weg zum Schulhaus im Wagen zurücklegte. Wimpy sah drei Kutschen: einen prachtvollen und einen gewöhnlichen Reisewagen sowie ein offenes Gefährt. In dieses stiegen sie jetzt.

Vier berittene Jäger aus Wimpermoor bildeten die Begleitung. Sie trugen rot-gelb gestreifte Umhänge. Einige Soldaten ritten dem Zug über die Obstbaum-Allee in Richtung Park voran. Andere folgten.

Wimpy reckte den Hals nach seinen Freunden.

„Ob man in einer dieser Bruchbuden ein paar halbwegs ordentliche Umkleidezimmer findet?" grollte Mr. Patt. „Unser Nachtquartier, dreieinhalb Stunden von hier, war auch nur eine Höhle!" Er unterdrückte ein Gähnen, daß die Kiefer knackten.

Ganz nebenbei erfuhr Wimpy in knappen Sätzen, daß sein Großvater am vorgestrigen Abend in London beim Essen mit dem König — an einem Hühnerknochen erstickt war. An einem Hühnerknochen! Ein dummes, noch dazu gebratenes Huhn hatte den armen Jungen urplötzlich zum Besitzer weitreichender Rechte, Posten, Vermögenswerte, Handelskontore, Werkstätten, Gruben, Fabriken und Ländereien gemacht!

Schüler und Lehrer kamen aus dem Haupthaus gelaufen. Die Schüler jubelten vor Begeisterung.

„Die Soldaten haben dem Alten Tritte gegeben!" brüllte Ody.

„Einer hat nicht geglaubt, daß das Lord Wimpers Internat

ist!" schrie Tobias. „Er dachte, 'ne Mischung von Armenhaus und Schnapsbrennerei!"

„Mensch, Wimpy, gratuliere!" japste Bones.

Wimpy wollte zuerst zu seinen Freunden. Doch Mr. Patt hob gebieterisch seine Pranke im weißen Handschuh: „Wir haben Wichtigeres zu tun!"

Wimpy begriff, daß er nun *neuen* Regeln unterworfen war. Anderen, als denen von Edenhall, jedoch nicht minder unerbittlichen.

Angewidert blickte der stattliche Haushofmeister auf die schäbigen, meist klapperdürren Schüler. Und fast schaudernd musterte er Wimpys Internatsanzug.

„Brauchbare Privatkleider sind doch wohl da?" fragte er.

„Nein", sagte Wimpy. „Mein eigenes Zeug ist mir schon viel zu klein!"

„Es wird sich was finden!" brummte Mr. Patt ärgerlich.

Der offene Wagen hielt vor dem Haupteingang zum Schulhaus. Die Soldaten und die Jäger von Wimpermoor standen zwischen Wimpy und seinen Freunden. Dazu einzelne piekfeine Herren in sandbraunen Anzügen: ein Kammerherr, ein Kammerdiener, ein Sekretär und andere.

Man half Wimpy aus dem Wagen, als sei er plötzlich ein Gegenstand aus kostbarstem Porzellan. Die Lehrer bemühten sich vergeblich, die Schüler vom Haupteingang wegzuscheuchen.

„Platz da! Platz da! Schert euch in eure Unterkunft!" riefen sie.

Der Offizier kam mit dem Direktor aus dem Seitenflügel. Sir Archibald ließ seine Wut auf die Soldaten nicht erkennen.

Er verbeugte sich tief vor Wimpy: „Es ist mir eine Ehre, eine große Ehre, eine sehr große Ehre", begann er. Ach, was fand er für schöne Worte, dieser Mensch, der Wimpy erst gestern einen Verbrecher genannt und ihn hinterrücks ins Loch geworfen hatte! Jetzt lag er vor Wimpy beinahe auf dem Bauch.

Mr. Patt unterbrach ihn grob: „Schon gut, Mann. Schon gut! Ich höre, Lord Wimper hat keine passende Privatkleidung mehr. Gibt es Anzüge auf Ihrer Kammer, *neue,* meine ich, die man ändern kann?"

„Wo ist Frau Potter?" stammelte der Prinzipal kriecherisch. „Ich werde sehen! Ich werde sehen!"

„Die Lumpen, die der Junge anhat, sind ja scheußlich!" fuhr der Haushofmeister mit Donnerstimme fort. „So kann ich den Lord nicht heimgeleiten!"

Und Wimpy erlebte, wie klein der Direktor wurde, er, der Herr von Edenhall – vor einem Mann, der nur ein hoher Diener war! Aber hohe Diener sind gefährlich, das wußte der durchtriebene Prinzipal.

„Wir brauchen Räume zum Ausruhen und Umziehen!" schnauzte Mr. Patt. Er gab immerfort Anweisungen. Ein Teil seiner Leute und der Soldaten sollten sich fortscheren und im Dorf warten. Die Wirtschafterin und der Direktionssekretär liefen herbei, um „die hohen Herrschaften" in die Bibliothek zu führen.

Auf den Stufen vorm Haupteingang standen wieder zwei Männer in rot-gelben Umhängen. Einer hielt an einer Stange das Wappentuch der Wimpers mit dem gehörnten, blauen Pferd. Der zweite setzte eine Trompete an und blies ein Signal.

Dann rief der Wappenträger wie ein Marktschreier (und Wimpy traute seinen Ohren nicht): „Seine Herrlichkeit, Lord Thomas Wimper, Lord Wimper auf Wimpermoor ... und so weiter ..." Tatsächlich flocht er dieses „und so weiter" dauernd ein: „... titulierter Herzog, Schirmherr, Schlüsselbewahrer ... und so weiter ... Erbprotektor Seiner Majestät Häfen in Übersee im Range eines hohen Admirals ..." Dieser Titel bezog sich auf die Wimperschen Schiffswerften. (Es gab – und gibt auch heute noch – die vielfältigsten Titel, und zwar in nahezu jedem Land der Welt.) Aber wie mußte das alles in den Ohren eines Jungen klingen, den ein dicker Kapitän erst kürzlich eine „dreckige, kleine Laus" genannt hatte? Es traf ihn wie Hohn. Er ballte die Fäuste.

„Ich will nicht, daß der Mann hier so laut schreit!" sagte er. „Und warum trompetet der andere? Was sollen meine Freunde denken?"

„Eure Lordschaft haben von jetzt ab andere Freunde", sagte Mr. Patt ungerührt. Er folgte der Wirtschafterin mit Wimpy in die Bibliothek. Hier standen noch die Bänke vom Schulgericht.

„Zur Seite damit!" befahl Mr. Patt dem nachkommenden Personal. „Ist ein Stuhl mit Lehne für Seine Lordschaft da? Hallo, erst eine Wanne! Warmes Wasser! Tücher! Wo ist der Friseur? Wo bleibt der neue Anzug?"

Während Wimpy hinter einem herbeigeholten Wandschirm geschrubbt wurde, hörte er das ständige Gebrüll Mr. Patts: „Saustall, Saustall! Das soll ein Anzug sein? Aus Brennesseln gemacht, was? Und mit Tinte gefärbt, wie? Ha! Das ist kein Hemd, das ist gepreßter Kamelmist!"

Die zitternde Kleiderbewahrerin brachte Wimpy Sachen, die ihm einigermaßen paßten. Das Wappen von Edenhall wurde abgetrennt und schnell durch das von Wimpermoor ersetzt. Auf die Schuhe machte der Riemenschneider neue Schnallen.

Wimpy wurde in den Sessel gesetzt. Mr. Patts Friseur beschäftigte sich mit seinen Haaren. Die Männer des Gefolges öffneten Körbe, packten Brot und kalten Braten aus, entkorkten Rotweinflaschen und schmausten im Stehen.

„Darf ich bitte auch etwas Brot und Fleisch haben?" fragte Wimpy. Sein heutiges „Frühstück" hatte ihm ja Herr Bimbs ins Gesicht geschüttet. Sofort bekam er ein saftiges Stück Braten – samt blütenweißer Serviette. Der Kammerdiener hatte sogar kalten, köstlich gesüßten Tee.

Mr. Patt widmete sich weiter der Kleidung.

„Wo sind die Mützen für den Lord?" brüllte er. „Die zum Aufprobieren?"

Als keine passen wollte und der Flickschneider wieder hermußte, fluchte der feine Herr Patt schlimmer als Herr Tube. Er sah auf seine Taschenuhr: „Bald fünf Stunden sind wir hier. Nun aber hurtig! Ich möchte heute abend in ein gutes Quartier!"

„Und wann ist die Trauerfeier?" fragte Wimpy.

„Die? Mit der haben wir nichts zu tun. Die findet in Anwesenheit des Königs in London statt. Da sind auch sämtliche Freunde des Lords. Seinen Titelerben wollte er nicht dabeihaben. Das steht im Testament!"

Wimpy erbleichte.

„Weil er meinen Vater haßte? Weil der für ihn ein Abenteurer war? Nur ein Kapitän, und kein hoher Adliger!"

Er blickte auf die Stange mit dem Wappentuch, die jetzt an der Wand lehnte. Unter dem gehörnten, blauen Roß stand der eingestickte Spruch: „Ehre, wem Ehre gebührt!"

„Mr. Patt", sagte Wimpy. „Der Spruch wird sofort herausgetrennt!"

„Wie?" Der Haushofmeister hob die Hand ans Ohr.

„Der Spruch wird herausgetrennt!" wiederholte Wimpy.

„Aber..." Mr. Patt sah den Jungen das erstemal richtig an. „Er gehört zu den heraldischen Insignien! Er ist Jahrhunderte alt!"

„Und er war Jahrzehnte schlecht!" sagte Wimpy. „Der alte Lord hat meinen Eltern keine Ehre gegeben. Dagegen waren Leute seine Feunde, die seinen Enkel eine dreckige Laus nannten!"

„Aber der Spruch gehört zu den Wahrzeichen des englischen Königreiches!"

„Egal!" sagte Wimpy. „Er wird sofort herausgetrennt. Wir ersetzen ihn später durch: ‚Der Wahrheit die Ehre!'"

Mr. Patt sah in die eisig-grünlichen Augen des Jungen. Und

er fügte sich. Schweigend gab er seine Winke.

„Mr. Patt", bohrte Wimpy weiter, „seit wann, genau, bin ich Lord Wimper?"

Diese Frage beantwortete der Kammerherr: „Nach dem lateinischen Grundsatz ‚rex non moritur', ‚der König stirbt nicht', traten Sie familienrechtlich in dem Augenblick in Ihr Amt ein, in dem Ihr Vorgänger starb. Auch ohne, daß Sie es wußten!"

„Ich bin also schon seit *vorgestern* Lord Wimper?" vergewisserte sich Wimpy.

„Sehr richtig!"

„Mr. Patt, lassen Sie den Leutnant holen!"

Der Kammerherr brachte inzwischen Ordensband, Schärpe und Stern, ebenfalls Erb-Insignien. Wimpy ertrank fast in der Schärpe.

„Die tun wir zurück in den Koffer!" meinte Mr. Patt ungeduldig. „Hurtig jetzt, hurtig! Für den Gang zur Kutsche genügen Band und Stern."

„Es ist noch früh am Tage, mein Herr", sagte Wimpy. „Und ich habe hier noch einiges zu erledigen. Wir brauchen ja nicht nach London!"

„Aber nach Wimpermoor! Die Geschäfte rufen Sie!"

„Die Geschäfte!" Wimpy lachte. Längst hatte er festgestellt, daß er das Gefängnis von Edenhall mit dem Gefängnis von Wimpermoor vertauschen würde. Daß er dort auch nur wieder die Befehle von Erwachsenen ausführen mußte, ob er wollte oder nicht.

„Glauben Sie, ich fahre ohne Abschied von meinen Freunden?" rief er. „Lassen Sie bitte die Schüler Bones, Ody und Tobias Stoff holen. Es gibt sicher in ihren Körben auch noch ein paar Leckerbissen für sie!"

„Es wäre richtiger, jetzt den Direktor zu empfangen und sich zu verabschieden", widersprach Mr. Patt. „Wir müssen an die Abreise denken."

Herrn Patt und sein Gefolge kümmerte Edenhall nicht mehr. Sie hatten ihren Schützling und wollten schnell nach Hause. Auch Wimpy hätte sich um nichts mehr zu kümmern brauchen. Er war ja jetzt fein raus! Aber sollte er seine Freunde hilflos in einer Schule zurücklassen, die der Friedensrichter selbst einmal mit einem Jugendgefängnis verglichen hatte?

Nein, nicht um alles in der Welt! Hier gab es für Wimpy noch viel zu tun!

„Mr. Patt", sagte er. „Ich will, daß die Schulkommission zusammentritt. Mr. Tube und Mr. Frog kennen die Namen. Schicken Sie Ihre Berittenen mit!"

„Aber dann müssen wir hier übernachten!" klagte Mr. Patt, erschrocken über Wimpys Hartnäckigkeit.

„Ich selber schlafe gern im Loch", lächelte Wimpy. „Für Sie wird sich im Gasthof etwas finden, oder in den vielen Scheunen!"

Dann kam der Leutnant. Er war sehr jung, kaum achtzehn. Und er sah noch ziemlich zerknautscht aus, denn er hatte auf einem Sofa geschlafen.

„Fertig zur Rückreise, allerseits?" murmelte er, ein Gähnen unterdrückend. Er wurde schnell wach, als er den völlig veränderten Wimpy sah. Bisher hatte er ihn für einen Jammerlappen gehalten.

Sofort schoß Wimpy die erste Frage auf ihn ab: „Wozu dient die Abteilung Soldaten unter Ihrem Kommando?"

„Na, wie ich sagte: Als Geleit, im Namen des Königs und im Auftrag des Kronprinzen! Man hat Sie unter meinen Schutz gestellt!"

„Das ist eine regelrechte, amtliche Sache?" vergewisserte sich Wimpy.

„Selbstredend!" mischte sich Mr. Patt ein. Oberhaus, Unterhaus und Handelskammer, die Versicherung und viele Behörden sind an der schnellsten Auffindung und Beschützung des Wimperschen Nachfolgers interessiert!"

„Ach!" rief Wimpy. „Das ist ja herrlich! Und wie haben Sie mich hier vorgefunden? In einem schmutzigen Loch, das Sie erst aufbrechen mußten! Hören Sie gut zu! Sie haben Wimpers Nachfolger mit Gewalt befreien müssen. Mit *Gewalt!* Einen neuen Wimper, der schon seit *vorgestern abend* eine staatswichtige Person ist!"

Er wandte sich an den Leutnant. „Herr Leutnant", sagte Wimpy. „Wären Sie früher gekommen: Hätten Sie es dulden dürfen, daß jemand Ihren Schützling mit Füßen trat? Und daß man ihm zum Frühstück Tee ins Gesicht goß?"

„Teufel, nein!" entfuhr es dem Offizier. „Das wär ja ein Angriff auf König und Parlament gewesen! Ich hätte den Kerl auf der Stelle festnehmen müssen! He...!" Jetzt ging ihm ein Licht auf: „Wo ist der Torhüter, der mit dem Zellenschlüssel ausriß? Er hat Sie *weiter in Haft gelassen,* obwohl ich *dienstlich* nach Ihnen verlangte! Er hätte den Kerker sofort, aber sofort zu öffnen gehabt! Statt dessen lief er schreiend weg! Wie heißt er? Wo kann er stecken...?"

Während der Menschenfresser Bimbs gesucht wurde, beschäftigte Wimpy Mr. Patt und dessen Leute.

Der Kammerherr ließ nach Unterkünften forschen. Es bestand keine Hoffnung mehr, Edenhall noch heute zu verlassen.

„Die Küche! Die Küche!" protestierte Mr. Patt. „Die ist doch nur für Lehrer und Schüler da! Was für einen Saufraß wird's da geben?"

„Den, den Lord Wimper heute noch *nicht,* und den Wimpy hier *immer* geschluckt hat!" lachte Wimpy. „Ich schätze, Sie haben genug mitgebracht, um nicht zu verhungern. Und im Ort ist ein großes Gasthaus und eine Bäckerei..."

Endlich kamen die Freunde Bones, Ody und Tobias Stoff.

„Mensch, du siehst ja aus wie einer vom Zirkus!" feixte Bones, das viel zu lange Ordensband musternd.

Ody strahlte. Immer wieder sagte er: „Das gönn ich dir, Wimpy! Das gönn ich dir!"

„Ich auch", murmelte Tobias. „Wenn ich überlege, was aus mir werden soll? Mein Vater ist verschollen. Und meine Mutter will mich nicht haben. Vielleicht tust du mal später was für mich!"

Ihre Unterhaltung wurde durch ein schauerliches Gebrüll unterbrochen, das irgendwo draußen ertönte und näher und näher kam.

„Bimbs!" rief Ody. „Das ist Bimbs, der Menschenfresser...!"

Wimpy setzte sich auf seinen Stuhl und blickte seinem Peiniger, dem Kinderquäler und Tierschinder von Edenhall, entgegen. Zwei Soldaten und der Leutnant brachten ihn herein.

„Euer Gnaden!" schrie der Menschenfresser. Seine Augen öffneten sich weit, als er Wimpy sah. Und wenn die Soldaten ihn nicht gehalten hätten, wäre er womöglich vor Wimpy zu Boden gefallen.

„Erbarmen! Erbarmen mit dem armen alten Bimbs! Euer Gnaden! Ich habe ja nicht wissen können!" Er glaubte wirklich, daß das eine Entschuldigung war. „Ich bin 'ne rauhe Seele, aber ich habe es immer gutgemeint!"

„Besonders mit meinem Hund", sagte Wimpy. „Sie haben ihn mit der Hacke erschlagen. Sie haben sogar einen Schüler mit der Hacke bedroht. Die drei, die hier stehen, können das bezeugen. Sie wollten, daß ich die Anklage zurücknehme! Sie traten mich mit Füßen! Sie haben mir Tee ins Gesicht gegossen! Als die Soldaten kamen, haben Sie sich vor Schreck versteckt!"

„Klar, weil er 'n schlechtes Gewissen hatte!" rief Ody.

„Nun, was ist?" fragte der Leutnant. Er war für kurze Prozesse. „Hundert Stockhiebe... diesem Schuft?"

„Nicht! Nein, bitte nicht!" heulte Mr. Bimbs. „Gnade... Gnade!" Sein Gesicht war fleckig vor Angst.

„Es ist gut", sagte Wimpy. „Gehen Sie in Ihr Haus. Warten

Sie, wie die Schulkommission entscheidet! Ich will Sie nie mehr sehen!"

„Das war ja ekelhaft", stöhnte Ody. „Hoffentlich kommt die Kommission bald, sonst springt er vor lauter Feigheit noch in den See!"

In mehr als schlechter Laune fuhr Mr. Patt rasch ins Dorf, um sich ein gutes Quartier zu sichern und seine Leute im Pfarrhof und sonstwo unterzubringen. Der „schwefligen Luft" in Edenhall wollte er sich über Nacht nicht aussetzen. Ihm wurde immer klarer, was für eine „Lordschaft" er sich mit dem Lausejungen Wimpy eingehandelt hatte. Der Bengel focht ja mit der Klugheit eines Erwachsenen.

Wimpy bat für sich und seine Freunde um Brot, Schinken und gezuckerte Früchte aus dem Proviantkorb. Und der Prinzipal war so schlau, Seiner Lordschaft eine besondere Mahlzeit in die große Bibliothek schicken zu lassen und die wichtigsten Leute aus Wimpermoor — einschließlich Leutnant — zum Abendessen einzuladen.

Doch zu diesem Essen kam es nicht mehr, denn die ersten Mitglieder der Schulkommission rollten an. Der Direktor beeilte sich, sie zu empfangen.

Mr. Patt erschien wieder auf dem Plan, froh über sein Zimmer im Gasthaus. Mit frischer Tatkraft ging er daran, seine Art der Vorbereitung für die Kommission zu treffen. Er hatte gehört, ein Friedensrichter sei dabei.

„Kerzen! Lange Kerzen!" rief er. „Einen Teppich vor die Füße Seiner Lordschaft. Wer hält die Stange mit dem Wappentuch?"

Aber es gelang ihm nicht, Bones, Ody und Tobias wegzujagen. Wimpy bestand darauf, daß sie bei ihm blieben.

Um neun Uhr abends war die Kommission vollzählig. Sie und die Lehrer, geführt vom Prinzipal, begannen die Bibliothek zu füllen. Der Alte hielt sich im Schatten, aber die Kerzen beleuchteten das ernste Gesicht des jungen Friedensrichters.

Der Haushofmeister und der Kammerherr hatten sich neben Wimpy postiert. Ein Mann mit Umhang hielt die Wappenstange. Der Leutnant lehnte an einem Regal und tuschelte mit Bones, Ody und Tobias.

„Seine Lordschaft dankt für Ihr Erscheinen", wandte sich Mr. Patt höchst unruhig, wenn auch mit Würde, an die Versammlung. Er bebte innerlich vor einem Skandal.

Wimpy stand auf.

„Ich will mich verabschieden", sagte er. „Die Lehrer haben mich einen guten Schüler genannt. Das war sehr freundlich. Die Männer der Schulkommission haben für mich viel getan. Wenn auch einige nie wußten, was hier vorging. Sie konnten nicht ahnen, daß ich nach meiner Aussage ins Gefängnis flog und von Bimbs Fußtritte kriegte!"

„Wie?" fragte der alte Gelehrte fassungslos. Er saß auf einer Bank und äugte nach dem Prinzipal. Der hüstelte und zog sich weiter in den Schatten zurück.

„Der Schinder Bimbs, der vor den Augen meiner Freunde meinen Hund erschlug", fuhr Wimpy fort, „und der sogar drohte, auch einem von ihnen die Hacke überzuziehen, hat um Gnade gefleht."

„Wir mußten Lord Wimpers Zelle aufbrechen!" fiel der Leutnant ein. „Bimbs hatte sich mit dem Schlüssel verdrückt. Wir hatten keine Ahnung, was hier eigentlich los war!"

Unerwartet spielte Mr. Patt einen Trumpf aus: „Wenn das vors Parlament kommt, wird die Schule geschlossen!"

Der Direktor blieb still wie ein Fisch. Doch die Kommission und die Lehrer sprachen laut durcheinander.

„Was können wir für das, was der Direktor verantworten muß!" rief einer der jüngeren Lehrer. „Meint man etwa, wir kriegen so gutes Essen wie Bimbs und Frog? Ich kann manchmal vor Hunger kaum stehen!"

„Sollen wir betteln gehen?" rief ein alter Lehrer. „Wir müssen doch alles mitmachen! Hier gilt nur dreierlei: Erpressung, Bestechung, Entlassung!"

Der Friedensrichter biß sich auf die Lippen.

„Ruhe!" bat er schließlich. „Ruhe. Ich sehe, hier kommt die Wahrheit endlich zu Wort. Und Leute reden, die sonst geschwiegen haben. Es ist aber keinem gedient, wenn die Sache vors Parlament kommt! Herrn Bimbs nehme ich mit. Es wird eine Untersuchung angesetzt, die die Dinge klären muß. Wir werden uns auch noch einmal mit dem Fall Gogo beschäftigen."

„Das werden wir!" rief der Gelehrte. „Das werden wir!"

Wutbebend stapfte der Direktor durch die erregte Versammlung zur Tür: „Ich stelle meinen Posten zur Verfügung!" schnarrte er.

„Ich auch", grinste Bones. „Mich hält nichts länger... wo Wimpy jetzt weggeht."

„Aber laß mal, Wimpy hat sich bezahlt gemacht!" meinte Ody.

„Ja, und er wird von uns genau erfahren, wie's hier weitergeht", sagte Tobias mit Nachdruck...

Die Anker sind gelichtet

Wimpy auf Wimpermoor vergaß seine Freunde nicht.

Er schrieb, sooft er konnte. Und er wollte alles wissen: Was der Friedensrichter mit dem „Menschenfresser" Bimbs gemacht habe. Was aus dem bösen Frog geworden sei. Und aus dem tückischen Gogo. Vor allem: Wo war der Prinzipal geblieben?

Hatte die Schulkommission den Alten ausbezahlt und einen anderen Direktor eingesetzt? Was war der „Neue" für ein Mann...?

Wimpy erkundigte sich nach Herrn Tube und nach dem Mädchen Isabell.

Was ist aus dem tückischen Gogo geworden? wollte Wimpy wissen

Er vermißte Bones, Ody und Tobias so sehr ...

Sein neues Leben hatte ihn herausgewirbelt aus dem engen Edenhall. Schloß Wimpermoor war gewaltig. Es wirkte wie ein enormes Grabmal in einem gigantischen Felsen. Aber das „Grabmal" war nur der ursprüngliche Bau, und der „Felsen" war das Schloß, das man später drumherum und darüber errichtet hatte.

Nicht minder groß war die erste Enttäuschung: Das sogenannte „Heroldsamt, ein Amt, das für Wappen zuständig war, hatte Wimpy in einem scharfen Schreiben angewiesen, den Spruch „Ehre, wem Ehre gebührt" wieder in das Familienwappen zu setzen.

Wimpy sah bald ein: Wimpermoor war für ihn kaum etwas anderes, als ein großes, großes Edenhall. Außer – daß hier *nur* Lehrer waren, und keine Mitschüler, und daß es immer genügend zu essen gab.

Der einzige Schüler auf Wimpermoor war Wimpy!

Mr. Patt war nur einer der vielen, die jetzt über Wimpy wachten. Es gab eine Menge gewichtiger Männer, die den Jungen an unsichtbaren, unzerreißbaren Fäden hielten: Staatsbeamte, Rechtsanwälte und andere, die er nie zu Gesicht bekam.

Drei sauertöpfische Professoren gaben ihm Unterricht, in Staatsrecht, Privat- und Handelsrecht täglich mehrere Stunden lang. Die übrige Zeit mußte er sich mit der Landwirtschaft vertraut machen, mit den Geschäftsbüchern im Büro. Er mußte die Pächter besuchen, Kohlengruben besichtigen – und die Brauerei und die Färberei im Dorf Wimpermoor. Er durfte Verbesserungsvorschläge machen, hatte Klagen und Beschwerden anzuhören und langweilige Gäste zu empfangen.

Die Befehle, die er gab, legte man ihm in den Mund. Und sie lauteten so, daß *er* zu gehorchen hatte: „Wie Euer Lordschaft wünschen. Gewiß! Sie wollen ausreiten. Wenn Sie jedoch an das schlechte Wetter denken, werden Sie sicherlich. Befehl geben, das Pferd wieder abzusatteln!" Das hieß: „Du bleibst heute gefälligst zu Hause!"

Allein durfte er überhaupt nicht ausreiten! Tat er es dennoch, tauchten urplötzlich die berittenen Jäger auf. Sie hielten sich in Sichtweite. Aber sie waren da; *vor* ihm, *neben* ihm und *hinter* ihm. Schweigend. Wie Gespenster. Auch im Schloß wurde er auf Schritt und Tritt beschützt. Er wurde bewacht, wie der große blaue Diamant in der Schatzkammer.

In den Nächten schrieb er an seine Freunde. Und an den Winterabenden studierte er in der Bibliothekshalle alles, was er über die Seefahrt, über Schiffe, Wetter, Strömungen und Seekarten fand. Und er fand sehr viel, denn die Wimperschen Werften bauten ja Schiffe. Er vertiefte sich in Werke über Schiffsführung und Navigation. Er lernte manches über die verschiedenen Holzarten und ihre Verwendung. Und oft beobachtete er von einem der vielen Türme aus die Sterne. An zahlreichen Wintertagen achtete er auf die sprunghafte Gewalt des

Windes. Selbst der leiseste Luftzug interessierte ihn.

Einmal ließ er ein Blatt auf einem Teich schwimmen und beobachtete es. Er wußte, daß die Indianer ihre Kanus gewissen Blättern nachgebaut hatten: das beste Kleinfahrzeug zu Wasser, das die Menschheit je erfand.

Er berichtete Ody und Tobias von seinen Studien. Er sandte einen Brief an Bones und einen an den Friedensrichter Sir Ernest. Und er wählte den Weg über das Wimpersche Hauptbüro in London, weil er glaubte, daß man von dort aus seine Briefe am sichersten und zuverlässigsten befördern würde.

Im Februar, vor seinem zwölften Geburtstag, erschien ein hagerer, baumlanger Mann auf Wimpermoor. Er hieß Richard Golling, und Wimpy kannte ihn längst dem Namen nach.

Mr. Golling war der berühmteste Anwalt des Landes. Er führte für Wimpy sämtliche Geschäfte. Vor allem kontrollierte er von der Hauptstadt aus die Firmen und Firmenverbindungen in England und in Übersee.

Wimpy empfing den hochgewachsenen, modisch gekleideten Herrn im „blauen Salon".

Mr. Golling verneigte sich tief.

„Es ist gut, daß Sie kommen", sagte der Junge erleichtert. „Ich wollte meine Freunde aus Edenhall zum Geburtstag einladen. Aber ich habe keine Ahnung, was da los ist. Weder Ody noch Tobias Stoff beantworten meine Briefe. Und Bones hat die Schule womöglich schon lange verlassen."

Der Anwalt richtete sich auf und musterte schweigend den Jungen. Mit frostiger Höflichkeit erwiderte er: „Ich bin überaus erfreut, daß Euer Lordschaft die Frage der Geburtstagseinladungen ansprechen. Deshalb bin ich hier. Eine Reihe von wichtigen Herrschaften wünschen Sie anläßlich Ihres Ehrentages kennenzulernen. Wenn Sie die Güte haben wollten, meine Liste einzusehen . . ."

Wimpy überflog die lange, lange Liste.

„Aber Bones, Ody und Tobias sind nicht dabei! Ich hätte

auch gern den Friedensrichter von Edenhall gebeten. Ich möchte wissen, was man mit dem schuftigen Direktor gemacht hat, und..."

Ein deutliches Hüsteln unterbrach ihn.

"Es ist besser, wenn Eurer Lordschaft sich keinen falschen Vorstellungen hingeben", sagte der Rechtsanwalt in unerbittlichem Ton. "Ich und einige Herren aus der Elternschaft der Edenhaller Schüler hielten es für richtig, den alten Prinzipal wieder einzusetzen. Der Friedensrichter gehört der Schulkommission nicht mehr an."

"Waaas...", fragte Wimpy entsetzt. Das war seine bisher allerschlimmste Überraschung. Er fühlte, wie seine Hände kalt wurden. Hinter dieser Teufelei steckte bestimmt Gogos Vater! Der Prinzipal mußte sich an alle möglichen Helfer gewendet haben, um die Schulkommission einzuschüchtern!

"Was Eurer Lordschaft Briefe betrifft", erklärte der Anwalt verweisend, "so werden Sie einsehen, daß es ungeraten war, in Verbindung mit Edenhall zu bleiben. Sie müssen an die Zukunft denken, an die spätere Übernahme weltweiter Geschäfte! Ihre Vergangenheit als Schüler auf Edenhall hat Sie nicht mehr zu kümmern..."

"Heißt das etwa, daß Sie..." Wimpy schluckte heftig: "... daß Sie meine Briefe nicht abgesandt haben?"

Mr. Golling nickte mit unbewegtem Gesicht.

"Hatte... hatte Mr. Patt etwa auch Auftrag, die Briefe meiner Freunde abzufangen?" hauchte der Junge. "Ich warte seit Monaten auf eine Nachricht aus Edenhall!"

"Vergessen wir das und sehen wir die Geburtstagsliste durch", lenkte der Anwalt ab.

"Ich feiere keinen Geburtstag ohne meine Freunde!" rief Wimpy.

"Wie Euer Lordschaft befehlen!"

"Verlassen Sie sofort dieses Haus", sagte Wimpy mit verlöschender Stimme.

„Ich fürchte, das wird nicht möglich sein." Mr. Golling lächelte dünn. „Bis zur Übernahme *sämtlicher* Geschäfte durch Eure Lordschaft habe ich das Recht, Wimpermoor zu betreten und zu verlassen, wann *ich* es will."

Der Junge sah ihn lange sonderbar an. Dann drehte er sich schweigend um und ging aus dem Salon ...

Noch in der gleichen Nacht floh Wimpy aus Wimpermoor, ohne daß es jemand bemerkte, und ohne, daß auch nur ein einziger Hund aufwachte. Diesmal war er auf der Hut gewesen wie nie zuvor. Einen Zettel von ihm fand man erst Monate später in einer Waldhütte, aber da war Wimpy längst auf einem Schiff in westindischen Gewässern:

„Ich, Thomas Hard, genannt Wimpy, lege alle Titel, Posten und Ämter ab, die ich von meinem Großvater geerbt habe. Ich werde ein Leben führen wie jeder gewöhnliche, schutzlose Junge. Ein anständiges Leben, wie ich hoffe."

Gegeben zu Wimpermoor, vor meinem zwölften Geburtstag.

Wimpy

Alle Höhen und Tiefen, die ein Junge erleben konnte, hatte Wimpy durchmessen. Das tiefste Elend aber erfuhr er jetzt. Mit dem Erlös aus dem Verkauf seines feinen Anzugs und Umhangs, seines seidenen Halstuchs und seiner guten Schuhe, schlug er sich durchs Land. Das kalte, nasse Frühjahrswetter setzte ihm sehr zu. Er besaß nur noch dünne Lumpen, die er nun anstelle seiner guten, warmen Sachen trug.

Ein schmieriger Hehler hatte ihm nicht den annähernden Gegenwert gegeben: Allein die silbernen Knöpfe, Schuhschnallen und der Gürtel mit der Goldspange hätten ihm eine bequeme Flucht in besserem Zeug und bei besserer Kost ermöglicht.

*Schweren Herzens trennte sich Wimpy von
dem Medaillon seiner Mutter*

Als er nach zwei Monaten im Hafen von Portsmouth ankam, glich er einem völlig erschöpften Betteljungen. Um nicht ergriffen und in ein Armenhaus gesteckt zu werden, wagte er nur in der Hafengegend an einer schiefen, kleinen Hütte anzuklopfen. Aber hier war es wenigstens warm. Er geriet unter den zweifelhaften Schutz eines Mannes, der im betriebsamen Hafen von dunklen Geschäften lebte. Dieser begriff, daß aus dem Jungen mit den blonden Locken und den wachen Augen noch was herauszuholen sei, und daß man gut daran tat, ihn zu verbergen. So übergab er ihn seiner schweigsamen Frau.

Wimpy händigte dem Mann schweren Herzens sein letztes Wertstück aus: das silberne Kettchen von dem Medaillon seiner Mutter. Der Mann versprach ihm, ihn sobald wie möglich auf ein Schiff zu schmuggeln.

Fast drei Monate nach seiner Flucht aus Wimpermoor – und noch nicht ein Jahr nach seinem glücklichen Abgang aus Edenhall – betrat Wimpy die Planken Seiner Majestät Schiff „Merkur". Nicht als Lord und erblicher Schirmherr der britischen Häfen im Range eines Admirals (für den man vierzehn Schuß Salut hätte abgeben müssen!), sondern als zerlumpter, namenloser, vor Kälte zähneklappernder Junge.

Der Mann hatte ihn nachts zu der Boje gerudert, die für das Beiboot der Offiziere ausgeworfen worden war. An der regennassen Bojenleine hangelte sich Wimpy im Dunkeln zur Schiffswand. Er erwischte ein Seefallreep und klomm keuchend hoch. Doch als er das Deck erreicht hatte, brach er zusammen.

Den Ruf der Seitenwache hörte er nicht mehr. Er spürte die Matrosenpranken nicht, die ihn schüttelten. Und er wußte nichts von dem folgenden Gespräch: „Was gibt's, Mr. Stubbs?" fragte der Erste Offizier den ranghöchsten Decksmann.

„Ich fürchte, hier hat sich so 'ne kleine Beutelratte eingeschlichen, Sir!" erwiderte Stubbs in gutmütigem Ton. Er fügte hinzu: „Soll ich den Burschen ins Wasser werfen, Mr. Roberts? Das bring ich nicht fertig! Normalerweise könnte er uns ja nützlich sein . . ."

Schiffsjungen gab es ab acht und neun Jahren, Fähnriche ab dreizehn – manchmal sogar auch schon ab neun! Ein bestimmtes Mindestalter wurde erst viel später festgesetzt.

Ja, Schiffsjungen brauchte man immer. Sie nahmen keinen Platz weg, bekamen so gut wie keinen Lohn und mußten die schlimmste Dreckarbeit verrichten. Wenn der Schlingel aber krank war? Oder so schwächlich, daß er nicht arbeiten konnte?

„Schaffen Sie ihn zum Hilfssteuermann Crombie!" entschied

Leutnant Roberts. Er lachte leise. „Crombie hat einen Mutter-Fimmel, er ist ganz närrisch, so 'n Burschen zu erziehn. Soll er sehen! Und falls der 'n krummer Vogel ist ... Na, wir gehn ja erst morgen in See!"

Da Steuermann Crombie nicht zu finden war, wurde Wimpy in die sogenannte „Schiffshöhle" geschleppt. Das war ein Aufbewahrungsraum für Geräte, vorn unterm Oberdeck.

Wimpy schlief auf Brettern und Tauen tiefer als in seinem Bett auf Schloß Wimpermoor. Er träumte nicht davon, daß er jetzt auf einem Schiff war ... auf einem Schiff mit 850 Mann Besatzung – und mit hundert Kanonen!

Erst das Getrappel vieler Füße, schrille Pfiffe und viele Kommandos zum Setzen der Segel weckten ihn auf. Mörderisch rasselten Ketten, Winschen quietschten, Holz und Eisen knarrte und klirrte. Das ganze Schiff erbebte. Es ächzte und zitterte bis in die letzten Spanten.

Wimpy fand sich nicht zurecht. Hatte man ihn eingesperrt? War das wieder ein Gefängnis? Er beschloß, sich mäuschenstill zu verhalten.

Er wartete viele Stunden lang.

Endlich kam ein rundlicher Mann mit einer schrecklich eingebeulten Stirn herein. Er trug eine Lampe, obwohl es doch längst Tag war. Hinter ihm, aber noch vor der Tür, stand eine zweite Gestalt.

„Ich bin Crombie", sage der Dickbauch barsch. „Wer bist *du*? Ein Dieb, der sich hierhergeflüchtet hat? Oder einer, der an Bord was klauen wollte?"

„Nein, Sir!" antwortete der Junge. „Aber ich habe niemanden mehr an Land. Ich wußte einfach nicht wohin. Ich bitte Sie, behalten Sie mich."

„Hm ..." Steuermann Crombie hob die Laterne und betrachtete Wimpy eingehend. „Du siehst zwar aus wie ein Lump, aber du sprichst nicht so. Ich werd's mit dir versuchen. Vielleicht kannst du mein Putzer werden."

"Du siehst zwar aus wie ein Lump, aber du sprichst nicht so!" brummte der dicke Seemann

Er wandte sich um: „Fähnrich! Kümmern Sie sich um den Bengel! Ich muß an Deck." Er übergab die Laterne und verschwand.

Im nächsten Moment stand Wimpy einem langen, spitznäsigen Burschen in schlechtsitzender, schlotternder Uniform gegenüber.

„Wimpy . . .!"

„Bones . . .!"

„Himmel!" rief der ehemalige Schulsprecher von Edenhall. „Wie siehst *du* denn aus? Was haben sie mit dir gemacht? Ich denke, du lebst in Samt und Seide!"

„Wie du siehst!" Wimpy grinste schwach. „Ich hab alles hingeschmissen. Alles! Man hat meine Briefe an euch einbehalten. Und die aus Edenhall hat man unterschlagen. Da hatte ich's satt. Ich bin ausgerissen!"

„Ausgerissen . . .?" Bones starrte ihn an. Er rieb sich die Nase: „Und bist auf *diesem* Schiff gelandet! Auf *diesem* Schiff!" Er brauchte Zeit, um sich von seiner Überraschung zu erholen. Wimpy erfuhr, daß Bones Vater den Sohn gleich nach Wimpys Abgang zur Marine gebracht hatte. Auf der „Merkur" war Bones nun schon acht Monate. Er war Fähnrich auf diesem Schiff.

„In Edenhall soll's einen Riesenskandal gegeben haben", erzählte Bones. „Die Schulkommission ist geplatzt, weil mächtige Regierungsherren den Prinzipal wieder eingesetzt hatten. Und Gogo hat Ody unter Mordverdacht gebracht, weil Ody in der Nähe des Alten mit einem Taschenmesser herumspielte. Da staunst du, was? Denn der Prinzipal hatte Gogo trotz aller Abmachungen wieder zu den übrigen Schülern gesteckt."

Wimpy zitterten die Knie. Er setzte sich auf eine Kiste.

Bones berichtete weiter: „Diesmal ist der Friedensrichter aber mächtig dazwischengegangen. Er hat Ody rausgepaukt. Die Eltern holten Ody aus Edenhall weg, obwohl er glatt freigesprochen wurde. Sie waren so verzweifelt über die Schande für die Familie, daß sie ihn auch zur See geschickt haben. Aber ohne Zeugnis und Empfehlung: So sitzt er genauso dämlich da wie du. An Bord ist er der letzte Dreck!"

„Auf welchem Schiff?" fragte Wimpy.

„Na, *auch* auf diesem! Hab ich das nicht gesagt?"

„Nein!"

„Es ist herrlich, daß wenigstens wir wieder zusammen sind!" lachte Bones. „Aber jetzt muß ich rauf. Ich bring dir was zu essen und zu trinken. Toiletten gibt's hier nicht. Wir sind nicht mehr in der Schule, und du bist nicht mehr auf Wimpermoor. Hoffentlich kannst du bei Steuermann Crombie bleiben. Das ist 'n prima Kerl."

Wimpy blieb allein, maßlos erleichtert, ja beglückt! Trotz allem, was er eben gehört hatte. Seine besten Freunde waren an

Bord. Einem davon ging es gut, der andere war nicht besser dran als er selbst — aber sie waren zusammen! Auf *einem* Schiff, mit *einem* Ziel: Wimpy, Ody und Bones . . .!

Wieder mußte Wimpy lange warten. Er hörte Lärm. Von neuem erdröhnte das Oberdeck von vielen Tritten. Eine Weile war es still, und dann erscholl ein Freudengebrüll aus Hunderten von Kehlen.

Was bedeutete das . . .?

Endlich kam Bones zurück. Er brachte eine Feldflasche voll Wasser, etwas Schiffszwieback und ein Stück Speck. Er war ziemlich vergnügt. „Der Kapitän hat eben die Order bekanntgegeben. Die paßt ihm aber gar nicht. Er ist furchtbar wütend!"

„Wieso, wo geht's denn hin?"

„Nach Westindien", feixte Bones. „Aber das wird keine Spazierfahrt, wie der Alte gehofft hatte. Er soll den gefährlichsten Seeräuber jagen, den's da je gegeben hat!"

„Welcher ist das?" fragte Wimpy neugierig.

„Don Rodrigo, der ‚Schwarze Greifer'!"

„Greifer?"

„Weil er ein sehr schnelles Schiff hat und blitzartig zugreift. Er hat schon ein paar unserer Schiffe samt Ladung geschnappt. Aber er ist von keiner Regierung ausgeschickt, hat also keinen ‚Kaperbrief'. Er fährt als Pirat, als Korsar, als Seeräuber auf eigene Faust!"

„Ach, und deshalb hat die Mannschaft so gebrüllt?"

„Klar! Es gibt 'ne dicke Belohnung, wenn wir ihn erwischen!"

„Wieso heißt er der Schwarze?" fragte Wimpy.

„Er führt schwarze Segel", lachte Bones. „Und eine schwarze Flagge mit aufgestickter, weißer Hand! Um seine Gegner zu erschrecken!"

Der Gedanke an diesen Piraten verdrängte im Augenblick sogar den Gedanken an Ody. Und als Wimpy fragen wollte, in welchem Teil des Schiffs der Feund jetzt sei, erschien Steuermann Crombie.

Wimpy trat respektvoll zurück und machte ein Gesicht, als kenne er den dürren Fähnrich nicht, der auch an Bord seinen Spitznamen Bones führte. Als Fähnrich hatte Bones das Recht auf die Anrede „Herr".

„Es ist gut, Mr. Bones", sagte der Dicke. „Gehen Sie! Ich nehme den Jungen mit. Er muß dem Kapitän vorgeführt werden, wie's Gesetz ist."

Bones räusperte sich warnend, wie Wimpy es bereits von Edenhall her kannte. Bones räusperte sich sogar mehrmals — aber er konnte Wimpy nichts mehr zuflüstern.

Steuermann Crombie nahm seinen Schützling mit auf die Kammer und ließ ihn sich dort waschen. Er gab ihm ein einfaches Schiffsjungenhemd und eine Hose aus grobem Stoff.

„Wer zum Kapitän muß, hat sauber zu sein", brummte er. „Ich will nicht, daß ich durch dich Ärger krieg!"

An Deck sauste Wimpy der Wind um die Ohren. Das Schiff war längst in voller Fahrt. Wimpy griff nach einem Halt. Er sah Gesichter, Gesichter, Gesichter. Er sah laufende, kletternde, Handgriffe ausübende Matrosen. Große, mittlere und kleine Gestalten. Doch Ody erspähte er nicht.

„Zum Kapitän, Sir", meldete der Hilfssteuermann dem Ersten Offizier.

„Gut, Mr. Crombie", lächelte Roberts. Er schien Crombie zu schätzen. Er blickte nicht unfreundlich auf Wimpy.

In der geräumigen, prächtigen Kajüte des Kommandanten saß ein Uniformierter hinter einem Schreibtisch, der bei Crombies Meldung kurz aufsah und mürrisch sagte: „Noch so'n Mehlwurm für unsere Küche! Hart rannehmen, verstanden?"

„Jawohl, Sir!" erwiderte der Steuermann.

Doch plötzlich fuhr der Kapitän hoch, wie von der Natter gestochen: „Halt! Näher mit ihm! Zum Fenster! Näher! Wo kommt der Bursche her? Wer ist das?"

Wimpy hatte den Kapitän längst erkannt.

Es war Kapitän Barrabas Litten. Der Freund von Gogos Vater und der Komplize des Direktors von Edenhall.

Von all seinen Feinden hatte Wimpy an *diesen* am wenigsten gedacht. Einen gerisseneren Gegner als diesen Stabsoffizier konnte Wimpy in der ganzen Flotte nicht haben. Jetzt wurde ihm auch Bones' mahnendes Räuspern klar.

Aber wie kam der Bürohengst auf so ein großes Schiff? Ausgerechnet dem feigen, pimpligen, unberechenbaren „Briefboten" hoher Herren hatte man diese Aufgabe anvertraut! Wahrhaftig, die Ratschlüsse der Admiralität schienen unerforschlich. (Und sie waren es manchmal tatsächlich!)

„Zum Donner! Ist das nicht schon wieder ein Schüler von Edenhall?" schrie Kapitän Barrabas Litten. „Ach, sieh mal an! Du bist doch die dreckige Laus, die mich einen ‚Stuben-Kapitän' genannt hat! Na, was sagst du jetzt? Ist das da draußen Stubenluft? Ich werde dich zehnmal auf die Mastspitze schicken, damit du die Stubenluft atmen kannst! Und ich werde dich kielholen lassen, bis dir die Stubenluft vergeht! Nach Stubenluft wirst du schnappen, wenn du die Neunschwänzige auf den Rücken kriegst!"

Er unterbrach sich jäh.

„Hast du Papiere mit? Empfehlungen?" Seine Stimme klang plötzlich sehr unsicher: „Bist du nicht ... bist du nicht neuerdings Lord Wimper?" Von Wimpys Verzicht konnte er nichts wissen, denn sein Abschiedsschreiben war auf Wimpermoor noch nicht gefunden worden. „Aber du wirst gesucht ...!" erinnerte sich der Kapitän. „Ich habe gelesen, daß man dich in Irland vermutet. Jemand will dich in Irland gesehen haben ... Hm. Hm. Es ist eine hohe Belohnung auf dich ausgesetzt, meine ich."

Er blickte auf, triefenden Hohn in den Augen: „Die Belohnung läuft mir nicht weg. Ebenso, wie die für den Piraten. Deinetwegen breche ich die Fahrt nicht ab, haha. Du wirst auf der ‚Merkur' als Entlaufener behandelt. Das heißt, du stehst noch hinter dem letzten Schiffsjungen. Aber den Dienst machst du mit. Und das sage ich dir: Das Wörtchen Schlaf wirst du vergessen!"

Er wandte sich an den Steuermann: „Crombie, Sie haften mir persönlich für diese Laus! Keine Nachsicht, keine Gnade, kein Erbarmen! Verstanden?"

„Jawohl, Sir!" sagte Crombie.

Eilig verließ er mit Wimpy die Kajüte.

„Nun, Mr. Crombie?" fragte der Erste Offizier. „Dicke Luft?"

„So dick, daß man sie nicht mit'm Entermesser durchschneiden kann, Sir!"

Mr. Roberts lächelte.

Crombie murmelte Wimpy zu: „Ein guter Mensch, dieser Roberts, und 'n hervorragender Seemann. Aber komm jetzt, ich muß dich ‚zwiebeln'. Mach gefälligst ein belämmertes Gesicht." Er tat, als sei er furchtbar wütend auf Wimpy. Er fluchte und schimpfte wie ein Seemanns-Papagei.

Auf dem Deckgang trafen sie einen Jungen. Es war Ody! Er schwankte mit zwei Wassereimern heran. Doch als er Wimpy sah, ließ er sie fallen. Er starrte Wimpy an wie ein Gespenst. Hinter ihm tauchte Fähnrich Bones auf.

Auch Bones schimpfte zum Schein. Er schimpfte auf Ody und drohte ihm die schrecklichsten Strafen an, doch er tat ihm natürlich nichts. Er schickte ihn nur zurück, um neues Wasser zu holen. Dann warf er einen verstohlenen Blick auf Wimpy, der so ziemlich alles ausdrückte: Wir drei sprechen vorläufig lieber nicht miteinander! Und die Begegnung mit dem Kapitän – na, das war sicher ein „Schuß vor den Bug", wie?

In seiner Kammer sagte Steuermann Crombie zu Wimpy: „Du fängst jetzt hier an zu schrubben. Du schrubbst und schrubbst, du schrubbst sogar die Sonnenstrahlen, die hier reinfallen. Ich muß dich scharf rannehmen. Tu ich's nicht, kommst du in schlimme Hände. Und dann: ‚Gute Nacht'. Dies ist kein Vergnügungsschiff!"

„Ja, Mr. Crombie!"

Der Hilfssteuermann sah ihn nachdenklich an: „Was hab ich da vorhin gehört? Du hast den Alten mal einen ‚Stuben-Kapitän' genannt? Mensch, das würde nicht mal Mr. Roberts wagen! Die Offiziere würden vor Freude auf die Masten springen, wenn sie das hörten! Niemand, nich' mal die Schiffskatze begreift, warum man Kapitän Litten zum Kommandanten der ‚Merkur' gemacht hat. Hat er je ein Schiff befehligt, ein so großes?"

„Ich hab ihn das auch schon mal gefragt, Sir", grinste Wimpy. „Ich fürchte, ich tat es ziemlich höhnisch."

Crombie rieb sich die zerbeulte Stirn: „Aber *mich* hältst du nicht für einen Stuben-Seemann?"

„Nein, Mr. Crombie!" sagte Wimpy überzeugt.

„Hm. Ich will nicht wissen, was du warst. Das gilt hier an Bord nicht. Aber daß du nicht auf den Kopf gefallen bist, merk ich. Einen Moment hat sogar der Alte vor dir Angst gehabt. Aber Kapitän ist Kapitän. Und wir fahren gegen Seeräuber. Unterwegs ist der Bürohengst Barrabas Litten eine Allmacht, der selbst ein Mr. Roberts nicht widersprechen darf. Der Kapitän ist an Bord das höchste Wesen nach dem lieben Gott. Kapiert?"

„Ja, Sir!"

„Wie heißt du? Wimper?!"

„Wenn schon, dann Wimpy", sagte der Junge ärgerlich, weil dem Kapitän der Name entfahren war.

„Schön, Wimpy. Du hast Glück. Ein *böser* Kapitän, der ein *guter* Seemann ist, wär unser Verhängnis. Aber ein böser Kapitän und *schlechter* Seemann ist unsere Rettung! Weshalb? Er kann das Schiff nicht führen! Und wie soll so einer 851 Mann Besatzung überblicken? Er ist auf Mr. Roberts angewiesen – und auf alle, die gute Seeleute sind und mit Matrosen umgehen können..." Steuermann Crombie wandte sich zur Tür. „Wir haben Zeit, Wimpy, viel Zeit. Steck deine Nase in den Scheuereimer und schrubbe. Kriech die Planken lang wie eine Wanze! Aber ich werde aus dir einen Seemann machen, der sich mit Mr. Roberts messen kann. Einen besseren als Litten! Hihi! So wahr ich Crombie heiße."

Die „Merkur" zog unter vollen Segeln weiter und weiter durch die See. Wimpy konnte aufatmen. Zwei Freunde hatte er wiedergefunden — und einen dritten gewonnen: Steuermann Crombie.

Ein paar hundert Seemeilen trennten sie noch von ihrem Einsatz. Tag um Tag, Nacht um Nacht, Woche für Woche würden sie gemeinsam auf der „Merkur" sein, um dann schließlich einen gnadenlosen Feind, den gefährlichen „Schwarzen Greifer", zur Strecke zu bringen.

Und wenn Wimpy später der „Schrecken der Meere" würde, so hatte Steuermann Crombie einen entscheidenden Anteil daran.

Die Schiffsglocke, die droben ertönte, klang Wimpy fast wie Musik in den Ohren.

„Wir haben viel Zeit", hatte Crombie gesagt.

Viel Zeit! Zeit genug, um auch mit den Freunden Bones und Ody zusammen zu sein.

Denn das war das Wichtigste ...

Viele spannende und abenteuerliche Geschichten von Rolf Ulrici gibt es als Schneider-Bücher:

Die ganze Klasse gegen Dieter

**

Ferien im Heidehof
Herbsttage auf dem Heidehof
Drei Mädchen vom Heidehof

**

Neue Gespenstergeschichten
Landung in der Wüste

**

Käpt'n Konny und seine Freunde tauchen nach Öl
Käpt'n Konny und seine Freunde auf geheimer Spur
Käpt'n Konny und seine Freunde suchen das Geisterschiff

**

Alles wegen George
Alle lieben George

**

Frischer Wind für eine Freundschaft
Die neue Lehrerin

**

Sheriff Bill rettet die Stadt

**

Wimpy, der Schrecken der Schule

Wimpy, der Retter wider Willen

MONITOR-Serie

Geheimer Start
Verfolgungsjagd im Weltall
Raumschiff „Monitor" verschollen
„Monitor" startet zur Unterwasserstadt
Neuer Kurs für „Monitor"
Landung auf Raumstation „Monitor"
Geheimer Start mit „Monitor" (Sammelband)
„Monitor" auf gefährlichem Kurs (Sammelband)

GIGANTO-Serie

GIGANTO MELDET: „Vorstoß in die Erde!"
GIGANTO MELDET: „Über uns ein Vulkan!"
GIGANTO MELDET: „Schiffbruch in der Erde!"
GIGANTO MELDET: „Alarm im Erdball!"
GIGANTO MELDET: „Erdschiff verloren!"

in Vorbereitung:

GIGANTO MELDET: „Ziel erreicht!"